こころの目の生い立ち

ある臨床心理士の歩み

Abe Riichi
安部 利一

文芸社

まえがき

私たちは成長していく過程で、よいことばかりでなく、いやな体験もいっぱいするのですが、未来に望みが抱けると、いつしかいやなことは過去のことになったりします。しかし、いやなことがあまりに強烈な場合には、未来に希望を持つこと自体が難しく、心療内科や心理相談室を訪れるクライアントとなることも生じます。

こうした事例などを基に、先に子育てに関するＱ＆Ａ事例集を出版しました（『あっ、そうか！　気づきの子育てＱ＆Ａ　総合版』文芸社、二〇一一年）。

ちょっと手前味噌になりますが、その読者の方から、悩みや辛い思いで救いを求める質問者に対して、「全て温かくポジティブな捉え方で回答しており、どうしてそのような優しさと前向きな対応ができるのか」と問われました。私の臨床心理士という専門家としての姿勢以前に、生い立ちなど、どんな背景があるのかと関心を寄せられたということだと思います。

それまで私はそのようなことについて考えたことがありませんでしたが、これを機に、改めて自分自身を振り返ってみることにしました。

私は相談を受けるとき、クライアントをできるだけ理解するために、話を聞きながら、一方では自分に置き換えてみたり、類似体験を思い出したりなど、自分自身を通して相手の気持ちに寄り添う姿勢をとっています。これはカウンセラーとしては当然のことですが、その際にはいろいろな角度から自身をポジティブに捉える自分でなくてはなりません。この本の「振り返り」は、私にとっての道程《みちのり》の見直しであり、カウンセラー業にも意義あるものとなったと思います。

私は、子ども時代の貧困や身体的コンプレックス、勉強のプレッシャーや対人的不適応感、その一方でのツッパリなど、その時々で様々な感情体験をしてきました。評価はともあれ、人として成長したい思いは次第に強く抱くようになっていきました。さらには児童相談所の仕事を通して様々な人との出会いが、私を導いてくれました。

児童相談所退職の挨拶状に「……様々な子どもたちや親御さんたち、多くの関係者の方々とのかかわりの中で、多大な教えと貴重な体験をさせていただきました。お陰様で未成熟であった私を相応に成長させていただきましたことを深く感謝しております……」と書いたのは、まさにそういうことです。そして新しい名刺に「子どもたちに明るい未来を」とキャッチフレーズを記しました。

今、子どもたちは対人関係や勉強、部活動などでつまずき、辛い思いでいたりしていいます。親御さんもどうかかわったらいいのか悩んでおられる方も多いのですが、人が成長していくには、長いスパンで見ていく必要があろうと思います。

この本は、私一個人の成長の記録ではありますが、あえて恥を忍び、全てを正直に曝《さら》け出すことで、それなりにご参考になることもあろうと思い、出版することにしました。ただし、ここに登場する人物は全て仮名です。

読者の忌憚のないご意見、ご感想を楽しみにします。

もくじ

第一章　はじけた焼き栗

疎外感が教えてくれた大切なこと

私はいそいそと小さな栗を火鉢に流し込んだ。ちょうど終戦の年にあたり、田舎といえども食糧事情は悪かった。ときどき父が仕事帰りに山で拾ってくる栗は、唯一のおやつだったのだ。小学一年生の私には、なによりうれしいひとときだ。

もちろん、焼けると栗がはじけるのはわかっている。だから、火鉢から離れて、まだか、まだかとはやる気持ちを抑えて見守っていた。ところが、いっこうに焼ける気配がない。パチパチと炭火の燃える音が響くばかりだ。一つずつ焼くのは面倒だと、一気に投入したのがいけなかったのだろうか。

なにしろ腹ぺこだった。早く食べたい。待ちかねて、私は火鉢をのぞきこんだ。その瞬間、いきなり栗がはぜた。

「ギャーッ‼」

私は思わず大声をあげてのけぞった。炭火がもろに眼に飛び込んできたのだ。あまりの激痛に転げまわる。

異様な悲鳴を聞きつけ、蔵でそばを打っていた母があわてふためいて飛んできた。夕闇が迫るころ、母は火がついたように泣き叫ぶ私をおぶって、川向こうの病院に駆け込んだのである。

今から六十六年前の秋、冷たい雨が降っていたのを昨日のことのように思い出す。

私は両眼に大やけどを負っていた。

「これはひどい。うちでは無理です。まだ終列車に間に合う。連絡しておきますから、すぐに松江に行きなさい」

母は再び泣き叫ぶ私を背負い、降りしきる雨に打たれながら松江の眼科病院に向かった。途中で出会ったおまわりさんに何事かとたずねられるほど、すさまじい泣き声だったという。

数時間後、濡れそぼった私たちは、ようやく紹介された眼科病院にたどりついた。直ちに懸命の治療が始まる。

けれど、私の眼がよみがえることはついになかった。角膜の損傷によって左眼は完全に失明。右眼も牛乳瓶の底のような分厚い眼鏡で矯正しても、0・3ぐらいしか視力が出ない。つまり、弱視になってしまったのだ。

もともと強度の近視と斜視があり、先天的に眼は弱かった。さらにこのやけどが追い討ちをかけ、私の人生に少なからぬ影響を及ぼすこととなったのである。

といっても、そのとき私はわずか六歳。おのれの不運を嘆いたり、将来に不安を覚えたり、なんてことはまるでなく、ただ不便になったと思っただけだった。

まずは黒板の字が見えない。学校では最前列の真ん中が私の指定席となった。教科書も読めない。当時は紙がないので、新聞大のわら半紙のような紙に書かれていた。それを切って閉じて本にするのである。手間がかかるし、その文字が小さくてどうにも読めない。

「私がちゃんとそばにいてやらんかったから、こんなことになってしまって、本当にかわいそうなことをした」

母は自分を責め続け、私のために大きい読みやすい字で書き直してくれた。だが、野良仕事や家事に追われる母の文字は、しだいに行書になっていった。そのため、別の意味で私には読めなかった。

もっとも困ったのは、友達づきあいだった。よく草野球をして遊んだものだが、球が見えないので、打っては三振、守ってはエラーと、私は味方の足をひっぱるばかりなのだ。

「何しとるんじゃ。球はあっちじゃ」

「利一はもうええ、引っ込んでろ」

イライラした上級生に、毎度文句を言われる。何くそと思うものの、見えないものは見えないのだからどうしようもない。

上級生に迎合して同年の友達が追い討ちをかけると、カッとなった私が言い返して、お決まりのけんかが始まる。すると、相手は卑怯《ひきょう》にも斜視をついてくるのだ。

「おまえ、どこ向いとるん。こっち向いて」

こんな調子でなかなか友達の輪の中に入りにくく、傷つくこともしばしばだった。

ただ、今のような陰湿ないじめはなく、仲間はずれにされていたわけではない。斜視のことも、けんかになったときに持ち出してくるだけで、ふだんはからかわれることはなかった。子どもなりに、言っていいことと悪いことの区別はついていたのである。

姉によると、そのころの私は短気で、何かにつけ怒りを爆発させていたようだ。たしかにけんかっぱやいところはあった。でも、殴り合いの記憶はない。投げ飛ばして押さえ込むのが常だった。おまけに、口が達者で生意気だった。

四年生のときに、上級生に取り囲まれて殴られたことがある。何か生意気なことを言ったにちがいない。

眼にハンディがあるからといって負けたくはなかった。だから、よけいに強がっていた面があるのも否《いな》めない。

私が何か失敗すると、母はいつもこう言ってかばった。

「利一は眼が悪いんだからしょうがないよ」

この言葉は私には受け入れがたいものだった。眼の障害を免罪符《めんざいふ》にして逃げる卑怯者にはなりたくない。そう思う反面、本当は自分の力が足りないだけとわかっているのに、私自身も眼のせいにしてしまうことがあった。か弱い子のようにかばわれるのも、力不足を率直に認めるのも、私のプライドが許さなかった。

負けん気とプライド、コンプレックスがないまぜになり、かなり屈折した小学生であったのはまちがいない。

四年生のころの写真を見ると、表情が暗い。しかも、世をすねているかのように、常にそっぽを向いている。斜視だからではなく、正面を見たくなかったらしい。では、斜《しゃ》に構えて、私はいったい何を見ていたのだろう。振り返ってみると、そのころから私の視線は、差別や偏見というものに向けられていた。

人間には努力してできることとできないことがある。どんなに努力してもできないことを理由に疎外されるのは理不尽だ。斜視や弱視によって疎外感を味わってきた私は、差別に対して敏感だった。

三年生のとき、知的障害と多動をもつヒロ君が、突如教室に現われた。当時は障害児のほとんどは、強制的に就学猶予《ゆうよ》、あるいは免除となっていたので、ずっと家庭にいたのだろう。ヒロ君はかなり重度であった。

授業中もワーワーと奇声をあげて騒ぎ、机をがたがた揺らす。十分にコミュニケーションもとれないため、先生も困り果てていた。

そんなある日、全校朝礼があり私たちが講堂から教室に戻ると、彼が嬉々《きき》として黒板に向かっていた。珍しいことがあるものだと思いながらよく見ると、クレヨンで書きなぐっているのである。おまけにチョーク箱は水浸《みずびた》し……。

「こらぁー！　何やっとるんじゃ！」

数人の子どもたちが追いかけ、ヒロ君はキーキー声で逃げまわる。パニック状態に陥っているようだった。私は思わず彼をかばった。

「そこまで怒らんでもええじゃないか」

その日を最後に、ヒロ君は学校に来なくなった。

それから二年後、風の便りで彼が川に落ちて亡くなったのを知った。

「かわいそうなことをしたな」

私がポツリとつぶやくと、友人たちもうなずきながら言った。

「うん、もう少し仲良くしてやればよかった」

彼はほんの二ヵ月ほどいただけだったが、強烈な印象を残して去っていった。さまざまな思いが胸をよぎったのだろう。みんな言葉少なだった。

六年生のときには、小頭症で知的障害があるコウ君と友達になった。その容姿から、どんぐりというニックネームがついていた。悪さばかりするし、騒いで授業を妨害する困り者ではあったけれど、私とは普通に会話を交わしていた。

それがかっこいいと思っているらしく、いつもわざと服を着崩《きくず》している。

「おお、すごいな。よう、似合っとるぞ」

私がほめると、喜んでますます肩をいからせる。

先生も自然体で彼を受け入れていたが、さすがに研究授業ともなるとそうはいかなかった。他校からたくさんの先生方が見学に来る。彼の叫び声で授業を台無しにされるのは避けなければならない。

「安部君、研究授業は出なくていいから、Y君と遊んでやって」

私は素直にうなずいた。他に彼の面倒を見られるものはいないのだから、当然と思えた。私たちは校庭の隅っこで時間をつぶした。

彼は自慢の技を何度もして見せてくれた。上着の裾《すそ》をさーっと横にひいて前をはだけ、すばやくポケットからナイフを出して構えるのだ。

「どうで、かっこいいだろう」

私が拍手をすると、得意げに鼻をふくらませてにやりと笑う。当時はテレビはなかったので、おおかた村の青年団の演劇でも見て熱心に練習したにちがいない。

「ほら、教えてやるから、りっちゃんもやってみれ」

彼に促されて練習し、私もナイフの抜き技（？）をマスターした。コウ君は終始上機嫌だった。

彼は中学には進学しなかったので、卒業後は交流が途絶えた。

ところが、五年後、街でばったり行き合ったのである。

「おっ、りっちゃん！」

コウ君は相変わらず、服をやくざっぽく着崩してかっこつけていた。私を覚えていて、声をかけてくれたのが無性にうれしかった。

知的障害者も感情はあるし、心を通じ合えるのである。私は彼にそれを教えてもらった。努力してもできないことを理由に差別をしてはならない。私はあらためて深く心に刻み込んだのである。

人間の心にひそむ闇

差別のこわいところは、知らず知らずのうちに刷り込まれ、罪悪感もなく加担してしまうことだ。私も善悪の区別もつかない幼いころ、まわりの大人の言葉に引きずられ差別的な振る舞いをしたことがある。

私は島根県の奥出雲《おくいずも》で生まれ育った。中国山脈のふもとに近い山間《やまあい》の小さな町である。

終戦の年には国民学校一年生だったが、さまざまなデマや噂がこんな田舎の集落まで流れてきていたのである。

「体のものすごく大きな進駐軍が日本にやってくるんだって。アメリカ軍はこわいよ。何されるかわからんから気をつけれよ」

「朝鮮人も危ない。そばに寄るなよ」

大人がこわがっているのを見ると、子どもはなおさら恐怖を抱く。

——ものすごく大きいってどのくらいだろう。あの電柱ほどもあるのだろうか。私もガリバーのような巨人を想像して、おそれおののいた。

アメリカやイギリスを鬼畜米英と呼んだ、日本の軍国教育の亡霊にまだ支配されていた時代である。私たちは疑いもせず、見たこともないアメリカ人を敵視してののしった。

一方、朝鮮の人たちは田舎にも住んでおり、ときどき出くわすことがあった。何か危害を加えられるのではないかと、一人のときはいつもドキドキしながらすれちがった。おおぜいの友達といっしょにいるときは気が大きくなり、みんなで口々に侮蔑《ぶべつ》的な言葉を彼らに浴びせ、走って逃げた。

それが人種差別であるという意識も、罪の意識もなく、私たちは大人のまねをして朝鮮の人を差別したのである。自分の行為の意味を私がはっきり理解したのは、大学生になってからである。

よく「三つ子の魂百まで」といわれるが、幼いころから差別教育や偏見社会にどっぷりつかっていると、骨の髄まで刷り込まれてしまう。それを修正するには、育った年月の倍も三倍も、あるいはそれ以上の長い年月がかかる。

このような差別や偏見は日本中に蔓延《まんえん》しており、程度の差こそあれ、ほとんどの日本人がおかされていた。そのうえ、出雲には独特の差別がはびこっていたのである。

豊かな自然に恵まれ、神々が住む国といわれる出雲——。その清浄なイメージとは裏腹に、出雲は差別意識が強い地域だった。

根底にあるのはどす黒い嫉妬だ。よそから流れてきて財を成した人や明治維新後自らの力で成功をおさめた人をねたんで、「狐持ち」と勝手にレッテルを張り、寄ってたかっていじめたのである。裕福なのは本人の才覚ではなく白狐がお金を持ってきたから、というわけだ。

「狐持ち」の家と認定されると、縁組は拒否され、なんの非もないのに陰口をたたかれる。過酷な差別に耐えかねて、一家心中した家も少なくないという。

近年は廃《すた》れたが、戦後間もないころはまだそんな悪習が残っており、近所の人たちや同級生があれこれと噂していたものだ。

「あの家は狐持ちだってよ。近寄ったらいけん」

「成金でいばりくさっとるが、狐持ちじゃ。ろくなもんじゃない」

そういうなかにあって、私の両親は他人の悪口や噂話はいっさい口にしなかった。疎開してきた人にも親切にしていたし、地域から白い目で見られていた家族が転居するときも、両親だけは手伝っていた。

だれに対しても分け隔《わへだ》てなくやさしく接しており、私はそれがあたりまえだと思って育ったのだ。両親のおかげで、私は出雲的差別には染まらずにすんだ。

我が家は非常に貧しかった。自分たち自身が弱者だったから、他人の痛みにも自然に寄り添えたのかもしれない。

父は心臓弁膜症で病弱だったうえ、今でいう学習障害のようなところもあった。兄弟や世間からは、正直者だができの悪いやつと見られていたようだ。そのぶん、弱い立場の人や小さな動物、ひっそり咲いている草花に情を寄せるあたたかさがあった。

当時は戦前の家父長制の考え方が色濃く残っており、本来なら父の長兄が家を継いで親の面倒を見なくてはならなかった。ところが、商才のある伯父は、家を出て安来《やすぎ》で海運業を営んでいたのである。

そのため、家や土地の管理、親の世話を三男である父に頼み、その代償として経済的援助をしてくれたのだ。十分に働けない父を助ける窮余《きゅうよ》の一策だったともいえる。

母は畑仕事に精を出し、家族が食べる米や野菜をまかなっていた。とうてい現金収入までは望めず、すべて伯父の援助に頼っていたのである。

私は五人兄弟の長男だったので、責任は重かった。小学生のころから学校から帰ると洗い物やお風呂に使う水を井戸で汲み、畑仕事を手伝うのが日課となっていた。

この日課のおかげで校長先生にほめられたのは、今でも忘れられない思い出だ。

そのころ、食糧不足を補うため、学校でも校庭でサツマイモやカボチャを作っていた。小さな体で畑を耕していると、いっしょに農作業をしていた校長先生がやわらかなまなざしで私を見つめてこう言った。

「君は鍬《くわ》を使うのが上手だね。家でやっているのかね」

尊敬する校長先生がわざわざ私に声をかけてくださったのだ。二年生の私にとっては、このうえなく名誉なことだった。

「はい、毎日、農作業を手伝っています」

私は消え入るような声で答えた。

家では、堆肥《たいひ》を集めるのも私の役目だった。まわりの家は、出回り始めた化学肥料に切り替えていた。非常によく効くと評判だったが、お金がなくてうちは買えない。

私は弟を連れて、牛や馬の糞を集めてまわった。当時は馬車が走っていたし、近所で牛馬市も開かれていた。さすがに恥ずかしいので、人目を避けて早朝から市に出かけ、スコップやクワで糞をかき集めた。それをよっこらしょと箱に入れて、台車で持ち帰るのである。小学生にはなかなかの重労働であったが、中学に入っても続けていた。

でも、家の手伝いをつらいと思ったことはない。長男として親を助けるのはあたりまえだ。私がいやな気分になるのは、母が伯父にお金を無心している姿を目の当《ま》たりにするときだった。手をついて畳に頭をこすりつけて頼んでいるのを見ると、なんとも言えないみじめな気持ちになった。

実業家として辣腕《らつわん》を振るい財を成した伯父は、私にとって畏怖すべき存在だった。

伯父には男の子が三人、女の子が三人と六人の子どもがおり、長男は新米医師、次男は医学生、長女は教師、次女、三女は女学校、三男は田舎に残り私たち家族と同居していた。彼といっしょに暮らしたのは小学生のころだけだが、私より一つ年上でよい遊び友達だった。まわりは兄弟だと思っていたようだ。

しかし、私には遠慮があった。伯父に養われているのだから、立てないといけないという思いが常にあった。

たとえば野球ゲームをしても、従兄《いとこ》が「ぼくは巨人」と言うと、「しょうがないな。じゃあ、ぼくは阪神」と譲る。どんなこともまず従兄から、というのが暗黙のルールだった。もちろん、一度もけんかしたことはない。

あるとき、彼は帰ってきた伯父に頼んでくれた。

「手術をして、りっちゃんの斜視を治してやったら」

それまで斜視についていっさい触れることはなかったのに、私がからかわれているのを見て不憫《ふびん》に思ったのだろう。口添えしてくれたのだ。手術はかなわなかったが、彼の心遣いは素直にありがたかった。

私の戦後

この従兄と弟と三人で、山や川でよく遊んだものだ。田舎では、海も川も山も、近しい友達のような存在だ。私の生家の裏手にも、ヤマタノオロチ伝説で有名な斐伊川《ひいかわ》が流れていた。

天照大神の弟であるスサノオノミコトは暴れん坊だったため、高天原から追放されて斐伊川に降り立つ。この川の上流で、美しい娘を抱きながら泣いている老夫婦に出会い、ヤマタノオロチを退治して娘を救うのである。

このとき、ヤマタノオロチの血が流れて川は真っ赤になった。スサノオノミコトはオロチの尾を切り裂き、そこから出てきた太刀を天照大神に献上する。これが天叢《あまのむら》雲剣《くものつるぎ》（草薙剣）で、日本の歴代天皇が継承してきた三種の神器の一つである。

こうした古代神話から、斐伊川は血の川とも呼ばれ、火が燃えている川、斐の川。それがなまって斐伊川になったともいわれている。ここでは昔からたたら製鉄が盛んで、冬場は山を崩して川に土砂を流し、底に沈んだ砂鉄を採っていた。そのため、冬場の川は茶色く濁っており、それを血とか火にたとえたものであろうといわれている。この砂鉄から作られる鋼《はがね》は良質で、近年まで人間国宝の刀鍛冶《かじ》がいた。

川には半割りにした丸太二本の橋がかけられていたが、大雨が降るたびに流される。それを修復するのが地域の恒例行事のようになっていた。

冬は土砂で濁っている斐伊川も、夏は清流に戻る。私たちはよく釣りを楽しんだものだ。もちろん、楽しむだけではなく、釣れた魚はその夜のおかずになるのである。

釣り糸は高いので、木綿糸にミミズをつけただけなのだが、面白いようにハエやウグイが釣れた。陽光にきらめく川面も水中を泳ぐ小魚も、しかとは見えなくとも、冷たい水の感触や釣り上げたときの達成感は、私を夢中にさせた。

ときには山に入って、小さな清流で釣りを楽しむこともあった。

「この山を越えたら村に降りられる。もっと奥に行ってみようや」

一緒にいた従兄に私がこう言い出して、山の奥へと分け入ったこともある。はじめは弟も含めて三人とも元気いっぱいだ。釣った魚を片手に、調子よく山道を登っていく。さやさやと木の葉を揺らして風が吹き抜ける。川はだんだん細くなっていった。どのくらい歩いただろうか。日が落ちて薄暗くなってきたのに、まだ頂上にも行き着かない。

少し心細くなったとき、藪《やぶ》がガサガサと揺れた。何かいる。急に怖くなり、私たちは身を翻《ひるがえ》してもと来た道を走って帰ったのである。四年生のころの懐かしい思い出だ。

学校では、新しい民主主義教育が始まっていた。しかし、いきなり百八十度ひっくり返ったのだから、先生方も私たちもまだ十分に頭の切り替えができておらず、戸惑いながらの授業であった。

そのころ、将校靴を履いたエネルギッシュな先生が赴任してきた。

「おい、あの先生将校だったんだ」

「へえ、すげえな」

将校といえば、強くたくましい男の中の男。男子の間ではあこがれのスターのような存在だった。その元スターが担任になったのだから、クラスは先生の話題で持ち切りだった。

ところが、当然というべきか、その先生は何事によらず軍隊式なのである。職員室に入るときは、声を張り上げて名乗らなければならない。

「四年○組あべりいち、○○先生に用事があってまいりました」

「よし、入れ」

なかには、言い間違えないように、職員室の前で復唱してから入る子もいた。たらたらせずにビシッとしなくてはならない、と自然に思わせるような迫力があったのだ。

宿題を忘れたときには、もちろんビンタだ。

「宿題を忘れた者は前へ出れ！　そこへ並べ！」

並んだとたんに容赦なく平手が飛ぶ。

こんなふうに怒らせると怖いが、機嫌がいいときは本を読んでくれたり遊んでくれたり、ものわかりのよいところもあり、生徒の人気は高かった。どうすれば先生の機嫌がよくなるのか、私たちは子どもなりにつかんでいった。

そんなある日、クラス全体で示し合わせて、ある作戦を実行することになった。宿題を忘れた子を助けるため、自発的に先生が望む行動をして、授業をさせずに本を読んでもらおうというのだ。みんな、友達がビンタされるところなど見たくはなかった。

私たちはそろって教科書を机の上に出し、静かに先生を待った。大柄な先生の足音が聞こえてきた。気づいた者が目配《めくば》せをしたり、口に指を当てたりして、まわりの者に知らせる。

パタパタと響いていた足音が、近づくにつれてなぜか忍び足になり、扉の前でぴたりと止まった。次の瞬間、いつものように勢いよくガラッと開くと思い、息を詰めて見守った。すると、意外にも扉はそうっと開いたのだ。先生はおもむろに教室をのぞきこんだ。

「おう！　みんないたのかあ。あんまり静かだから外にでも出ているのかと思ったよ。先生が言わんでも、みんなやる気満々だなあ。感心、感心」

先生はとっくに私たちの策略に気づいていたにちがいない。知らんフリして、私たちの〝はかりごと〟に乗ってくれたのだ。

「よし、ほうびとしてこの時間は童話を読んでやろう」

「やったー！」

私たちは歓声をあげながら、拍手をした。

先生が読んでくれたのは、戸川幸夫さんの『牙王物語』だった。私は深い感銘を受け、童話のおもしろさに目覚めたのである。今でもそのストーリーは忘れられない。『牙王物語』は、私の読書人生の原点になった作品である。

ちょうどそのころ、アメリカ式の知能検査が導入された。とにかく初めてのことだらけで、教育現場も混乱したのは想像に難くない。こういっては失礼だが、先生方は知能とか知能検査というものはよくわからないけれど、お上《かみ》に言われたから、とりあえず手引書を頼りに実施しようと思っただけではないだろうか。

私たちは広い講堂に集められ、いっせいにテストを受けたのだ。この知能検査は、制限時間内にどれだけ正解を出せるかを調べて、知能水準をみようとするものだった。

私はその最中にトイレに行きたくなって中座した。サッカーならロスタイムとして時間延長が認められるだろうが、知能検査ではそうはいかない。

そのロスタイムのせいで、どうも私の知能指数は低く出たらしい。通信簿にこう書かれていた。

「知能は普通以下だが、それにしては成績はよい」

こんないいかげんな方法で知能水準を測定するのも、その結果をこういうふうに通信簿に書くのも、今では考えられないことだ。

当時はアメリカのすることはすべて正しいこととみなされ、昭和二十二年には学校給食が開始された。アメリカが家畜の飼料にしていた、まずい脱脂粉乳も給食に登場したのである。

そのなんともいえない味に閉口し、しだいに弁当を持ってくる子が増えてきた。冬場は弁当が冷たくなっているので、火鉢の木枠の上に並べてあたためた。

そのころは暖房といえば、大きな火鉢だけだった。朝教室に入るとすでに火がおこっているので、みんな自然に火鉢のまわりに集まり、かじかんだ手をかざした。火鉢はコミュニケーションの場を作るとともに、弁当もほかほかにしてくれたのだ。

ところが、弁当がぬくもってくると、変てこな臭いが漂い始める。食糧難でほとんどが漬物弁当だから、何か酸っぱいような異様な臭いなのだ。火鉢は教壇のそばに置いてあったので、最前列の私はいつもしっかりその臭いをかぐはめになった。

そんなある日、野次馬根性を出して、友達と火事を見に行った。その現場に漂っている臭いが、かぎ慣れたソレだったのだ。

「何？　この変な臭い？」

友達が聞くので、私は胸を張って教えてやった。

「漬物だ」

あこがれのゴム長靴

当時は食糧だけではなく、さまざまな物資が不足していた。履物は下駄《げた》か藁《わら》ぞうりだった。雨になると、藁ぞうりというわけにもいかないので、裸足《はだし》で学校に来る子がけっこういた。

なかにはゴムぞうりを履いている子もいたが、わが家にはそんな高級品があるはずもなく、私も裸足だった。

そういう子のために、学校には足洗い場があった。私の小学校では、足洗い場は校舎と土間続きになっている、別棟の用務員室のそばにあった。

冷たい雨が降る風の強い日は、服は濡れるし手足はかじかむし、ほとんどべそをかきながら洗ったものだ。そんな私たちを見て、白髪の用務員さんが声をかけてくれる。

「おい、ここで乾かせ」

私たちは用務員さんに感謝しながら、大きな釜がかかったかまどで暖をとるのである。いつしかこれが習慣になり、用務員さんがいないときも、私たちはかまどの火にあたったものだ。

学校の上履きも、ほとんどが藁ぞうりだった。藁で暖かいのはいいのだが、擦《す》り切れやすいので、校内は藁ゴミだらけになってしまう。おまけに水に弱い。濡れると重くなるし冷たいし、鼻緒が抜けたり、破れやすくもなる。

「おい、ちゃんと雑巾《ぞうきん》を絞って床をふけよ。ぞうりが濡れるが」

掃除のときには、こんな文句が飛び交ったものだ。

雑巾を絞りもせずにびしょぬれのまま、平気で床や廊下を拭く子がいたのだ。掃除しているというより、ただ濡らしているだけだ。おかげで藁ぞうりが水分を吸い込み、情けない状態に陥るのだった。

毎日履くものなので、子どもたちのぞうりに対する関心は深かった。今ならどこのスニーカーがかっこいいとか、あのシューズが流行《はや》っているとか情報交換するようなものだろうか。私たちもぞうり談義に花を咲かせた。

なかには、タケノコの皮や布を織り込んだしゃれたぞうりを履いているものもいて、ここぞとばかり見せびらかす。

「ほら、見れ。これ、じょうぶでいいぞ」

こういうときには、今でいう〝ムカツク〟思いがした。

タケノコの皮はちぎれにくいし水にも強いが、子どものやわらかい皮膚には硬すぎてすりむけてしまう。そのため、タケノコ皮ぞうりには足袋《たび》が必須だった。

どんなに寒い日でも、素足に藁ぞうりの子がほとんどのなか、足袋にタケノコ皮ぞうりは相当ぜいたくだった。まれに、さらにぜいたくなぞうりを履いている子がいた。足袋にタケノコ皮ぞうり、しかも鼻緒は肌にやさしい布製なのだ。

けれど、ねたみと羨望《せんぼう》が入り混じった視線にさらされるので、せっかくのぞうりを履き続けることはできなかった。みんなと同じ物を持って仲間入りしたいというのは、今も昔も変わらない子どもの思いなのだ。

四年生のころには、図工の授業で藁ぞうりを作った。それを機に、自分のぞうりは自分で作りたいという意欲がむくむくと湧いてきた。

隣家のおじいさんがよくぞうり作りをしていたので、藁を打つ音が聞こえてくると、教わりに行くようになった。

ぞうり作りは藁を打つことから始まる。まず、重い木の横槌で藁の硬い繊維をたたいてやわらかくする。次につま先からかかとへと形を整えながら編み込んでいく。最後に藁をより合わせて鼻緒を作ってつける。

私はおじいさんに教えられたとおりに作るのだが、なにしろ子どもの力なので、しっかりしめて編み上げることができない。そのため、すぐに擦り切れて使えなくなってしまう。早く大人が履いているようなじょうぶなぞうりを作れるようになりたい、と子ども心に思ったものだ。

では、冬はどうするのかというと、やはり藁で編んだ「深靴」と呼ばれる長靴を履いていた。奥出雲は雪がよく積もるのだが、凍った雪道を歩いても滑らないしあたたかかった。でも、何かの拍子に雪が中に入って溶けると最悪だった。吸水性抜群なのでみるみるびちょびちょになり、裸足で雪の中を歩くのと同じになってしまう。

登校すると、教室の後ろに敷かれている新聞に、それぞれの深靴を並べることになっていた。はじめのころは藁の深靴仲間はけっこういたのだが、しだいにゴム長靴が主流になった。自分の藁長靴がぽつんと取り残されているのを見るたびに、ゴム長靴を履きたいという思いがつのるのだった。

配給があったのだが、限定品のためくじ引きだったのである。三年生のときにようやく念願のゴム長靴が手に入り、躍り上がって喜んだ。ところが私には大きすぎたので、結局従兄のお下がりを譲り受けたのである。

その長靴はお古だからか、脱いだとたんにゴムがフニャッとなってしまい、どうしても立たなかった。新聞の上にピンと立っている、みんなの長靴の仲間入りができないのが残念だったが、それでもゴム長靴が履けるのはうれしかった。

そのころの長靴は今のように材質がよくなかったので、穴が開きやすく、すぐに破れた。でも貴重なものだから、捨てようなどとは微塵《みじん》も思わない。いかにかっこよく修理するかが腕の見せ所で、教室は情報交換の場ともなっていた。

私たちが開発したやり方は、まず自転車屋で古い自転車のチューブを分けてもらう。それを軽石やヤスリでこすって少し薄くして、糊で貼り付けるのだ。この糊にも流行があり、普通のゴム糊は使わなかった。良質の生ゴムにガソリンを注いで、溶かして作るのだ。上手な子は、どこに穴があったのかわからないほどきれいに直した。

このようなことは、子どものあたりまえの仕事の一つだった。

私は今でも雨が降ると長靴が履きたくなる。水が入らないから安心ということもあるけれど、なんとなくうれしい気持ちになるのは、胸の奥底に子ども時代のあこがれが眠っているからだろうか。

第二章　コンプレックスと反骨心の狭間で

伯父の呪文

「手術をして、りっちゃんの斜視を治してやったら」

従兄のこの言葉が脳裏にこびりついて離れなかった。それまで手術なんて考えたこともなかったのだ。治せるものならすぐにでも治したいが、費用がどのくらいかかるのか見当もつかない。家の経済状態を考えると、とても口には出せなかった。

中学に入学すると、私は日曜日や夏休みに、薪《まき》を山から道路に下ろすアルバイトを始めた。わずかな収入ではあったけれど、少しずつでもためていけば手術代を工面《くめん》できるかもしれない。こんなかすかな期待があった。

しかし、学用品を買うとあっという間になくなり、手元に残ることなどなかった。子どものアルバイトなんかで手術代を捻出するのは不可能だ。こう悟るまでに時間はかからなかった。

私はますます斜視を強く意識するようになった。そうでなくても思春期は自意識過剰になり、他人の視線が気になる年頃だ。まして容姿にコンプレックスがあれば、気にするなというほうが無理というもの。

小学校時代の仲間がそのまま中学に進学しているのだから、みんな斜視のことは知っている。いまさら隠しようもないのに、悶々とする日々だった。

しだいに、友達と二人きりで向き合って話をすることに苦痛を感じるようになった。相手の視線が私の眼に注がれているような気がして、極度に緊張してしまう。何かしゃべろうとすると、声がうわずったり、震えたりする。いったん震えると、またそうなるのではないかと不安がもたげ、ますます緊張が高まる。まさに悪循環だ。

グループでわいわいしゃべるのはよくても、一対一のときはどうにも息苦しくて、その場から逃げ出したい衝動に駆られることもしばしばだった。

もちろん、手を挙げて意見を述べたり、何かを発表するのも苦手だった。緊張のあまりふつうにしゃべれなくなるからだ。

そんなある日、授業中に先生に注意されたのだ。

「安部、よそ見するな。こっちを向け」

私はよそ見などしていない。その先生は担任ではなく私の斜視を知らないのだ。あっと思ったときには、涙がポロポロこぼれてノートにシミを作っていた。

まわりの友達が私に代わって抗議してくれた。

「先生、りっちゃんはよそ見なんかしてないよ。斜視なんだよ」

先生は謝ってくれたが、悪気がないぶん、その言葉は私の心に突き刺さったままいつまでも抜けなかった。

二年生になると、さらに先端恐怖症のような症状も加わった。包丁やナイフのように鋭利で光ったものが怖いのだ。それでだれかを刺してしまうのではないかと、たまらなく不安になる。自分がそんなことをするわけがないと思っても、おそろしいイメージが沸き上がって、どうしても振り払えない。

ナイフや包丁が目につくと、私はあわてて隠した。今でもその名残《なごり》が残っており、包丁を使ったあとはすぐに片付けるのが習慣になっている。

思春期にはこういう心の葛藤はありがちだが、ことに私はナイーブだったのかもしれない。さまざまなコンプレックスやプレッシャーがマグマのように渦巻き、今にも爆発しそうになっていた。自分でも抑えきれない何かが、私の中で暴れ回っていた。

けんかもしょっちゅうだった。一度は激昂《げっこう》した同級生にナイフでいきなり襲いかかられ、とっさに手で防いで、左手の薬指をざっくり切られた。大量の血しぶきが飛んだ。白い骨を見たときはぞっとしたものだ。原因は忘れてしまったが、彼も思春期で心が不安定になっていたのかもしれない。ささいなことですぐにカッとなり、クラスメートとのトラブルが絶えなかった。

このころは、これぞ反抗期といわんばかりの、絵に描いたような反抗期だった。

伯父に対しても表面の態度とは裏腹に心の中では強く反発した。私は幼いころから、伯父に耳にたこができるほど言い聞かされてきた。

「利一は長男だから、しっかり勉強して親の面倒を見んといけんぞ」

私の両親は一言もいわないのに、伯父は私の顔さえ見ると「勉強せえ、勉強せえ」と尻をたたく。他に何か言うことはないのかとうんざりするが、生活を支えてもらっているのだから文句も言えない。だからよけいに反抗心がつのったともいえる。

伯父は今でいえば典型的な教育パパだった。自分が一代で富を築いたという強烈な自負があり、エリート意識も強かった。

六人の従兄姉たちもそろって優秀だった。新米医師の長男、教師の長女、医学生の次男は言うに及ばず、同居していた一つ上の従兄もできがよかった。

「うちのサトルはクラスで三番だったぞ。利一はどうだ？」

私もそこそこ成績はよかったが、従兄と比べられるのは耐えがたかった。さらには他人の子まで引き合いに出す。

「あそこのタカシはようできるらしいな。今度のテストは学年で二番だったそうな。利一も負けんように勉強せえよ」

発奮させようとしているのだろうが、私はひたすらプレッシャーを感じるばかりである。勉強、勉強と言われれば言われるほど、やりたくなくなるのが人の常。

私は伯父に反発して、わざと勉強しなかった。それが私にできる唯一の自己表現だった。だが、根が真面目というか負けず嫌いというか、完全に勉強を放棄することはできないのだ。勉強はすべきものだし、長男だから両親の面倒を見るのはあたりまえ、という固定観念からどうしても逃れられない。

しかたなく勉強していないフリをして、みんなが寝静まってから夜中にこっそりやった。伯父の言いなりにはなるまいぞという反骨心と、自分の将来のために勉強しなくてはという自律心を両立させるにはそうするしかなかった。そんな私の思いを知ってか知らずか、伯父は私が就職するまで呪文のように唱え続けたのである。

「勉強せえ」

「○○はできるそうだが、おまえはどうだ」

「家族の面倒を見れ」

「公務員とか教員のようなかたい職につけ」

経済的援助を受けている人からこのようなプレッシャーをかけられ続けるのは、私にとっては実につらくも腹立たしくもあり、伯父への反感は並々ならぬものがあった。

この気持ちが深い感謝へと変わるまでには、長い年月が必要だった。伯父個人に向けられた感情は、後になって支配と被支配、権力と服従の社会的関係など社会的問題への関心の広がりのもととなっていき、それに伴って伯父への重い感情も次第に軽くなっていったのである。

苦悩オーラがにじみ出ている?

中学三年生のとき、校内弁論大会が開催されることになった。クラスの代表が出て、それぞれの主張を述べるのである。

当然私のクラスも代表を選ばなくてはならないのだが、だれも手を挙げるものはいなかった。気恥ずかしいし面倒くさいし、やりたくないのがふつうだろう。まして、私は人前で発表するのは大の苦手。作文も嫌いだ。絶対にできないと思っていた。

ところが、それを十分にわかっているはずなのに、担任は私を指名したのである。

まさに青天の霹靂《へきれき》だった。

「いや、できん」

もちろん、私は断固拒否した。

「そう言わんと、だれもいないんだからやってくれんか」

「無理です。本当にできません」

こんな押し問答の末、先生はついに切り札を出した。

「わしが原稿を書いてやる。だから頼むけん、やってくれ」

こうまで言われては引き受けざるを得なかった。

苦手なことを克服させてやろうという教育的配慮などではなく、割合親しくしていたので、強引に頼めばやってくれるだろうと思ったにちがいない。

担任は社会科の先生で、まだ若く独身だった。私はよく遊びに行き、先生の話に耳を傾けたものだ。歴史が専門だったけれど考え方は哲学的なところがあり、何かひかれるものを感じたのだ。

実は私もそのころ哲学書を読んでいた。哲学がなんたるものかわかるわけもないが、家にあった数少ない本がたまたま哲学書だったのである。

それは、二番目の従兄が残していったものだった。貧乏なわが家には本を買う習慣がなく、ほかに本がないので、難しすぎると思いながらも手に取ったのだ。

そのなかに、華厳《けごん》の滝で自殺した藤村操《みさお》さんの手記もあった。彼は夏目漱石の教え子で、旧制一高に通うエリート学生だった。明治三十六年、十八歳の若さで厭世観にとらわれ、滝に身を投げたのである。傍《かたわ》らの木に「巌頭之感《がんとうのかん》」を書き残した。従兄はどんな思いでこの本を読んだのだろう。優秀な六人の従兄姉たちの中でも、いちばん頭がよいといわれていたが、医学部在学中に結核で命を落とした。まだ二十三歳――。これからというときに、当時は不治の病と恐れられていた結核に罹患《りかん》したのだ。さぞ無念だったにちがいない。

私とは年も離れており、親しく遊んだ記憶はない。彼の胸中ははかりしれないけれど、残された数冊の本が、苦悩を代弁しているような気がしてならなかった。

担任は、約束どおり原稿を書いてくれた。思春期の悩みや苦しみにもだえる私が、さまざまな経験を積みながら乗り越えていくという内容で、先生が私をどう見ているのかよくわかった。

たしかにそのころの私は、自分の心の暴走を食い止めるのに必死だった。眼のコンプレックス、対人恐怖や先端恐怖、伯父への反感など、どこにもぶつけようがない怒りや不安で心は満杯だった。ちょっと油断するとあふれ出るので、常にぴりぴりしていたように思う。

先生の目にも、悩み多い生徒と映っていたのだろう。あまりにも私にぴったりの原稿だったので、発表するのになんの違和感もなかった。

弁論大会に出る以上は恥はかきたくない。私は何度も原稿を読んで暗記した。家で繰り返し練習するだけではなく、先生の家に行ってスピーチを聞いてもらったり、放課後学校の演壇に立って予行演習をしたりした。

こんな猛練習の甲斐あって、本番ではあがらずに最後まできちんと述べることができた。私はそれだけで十分満足だったが、驚いたことに全校生徒から高い評価を受け、最高点を得たのである。でも、原稿は先生が代筆したもの。すべて自分の力というわけでもないので、うれしいような恥ずかしいような複雑な気分だった。

こうしてなんとか大役を果たしたと安堵していたら、今度は英語の先生から町の演劇発表会に出るように指示されたのだ。演劇発表会は年に一度開催され、毎年私の中学も参加していた。一つの演目を、全校から選ばれた生徒が演じるのである。私の役は、またしても「悩める中学生」であった。

なぜ、自分が？　と不思議でならなかった。今思うと、先生方の私に対するイメージがソレだったのだろう。私から苦悩オーラがにじみ出ていたのかもしれない。

それも私の一面であったのは間違いないが、だからといって決しておとなしいわけではなかった。自己顕示欲も強く、三年生のときには応援団のリーダーの一人であった。

ちょうどそのころ、同じ三年生に、わけもなく威張り散らしてみんなに嫌われている男子がいた。

「ちょっとあいつをたたかんといけんな」

「まったくいつもえらそうにして、みんなでしめあげてやるか」

こんな声があがったとき、私は即座に言った。

「おれが話をつけに行く」

みんなで寄ってたかってというのは私の趣味ではなかった。変に正義感が強く、けんかはタイマンがモットーだったのだ。友達にいいところを見せたいという思いも、もちろんあった。

私は彼と対峙《たいじ》して言った。

「おい、いいかげんにせえ。みんなでおまえをやっつけてしまおうかと言ってるぞ。威張るのもたいがいにしとかんと、たいへんなことになるぞ」

「うるせえな。おれの勝手じゃろ」

「仲間はずれになってもいいんか」

「おまえこそえらそうに言うな！」

どんなに彼が威嚇《いかく》しても私はひるまなかった。けんかには自信があったし、ああ言えばこう言うで論戦も得意だったのだ。

はじめは反発していた彼も、厳しい私の口調に気圧《けお》されてしだいに言葉少なになり、最後はうつむいてしまった。いかに自分がみんなの顰蹙《ひんしゅく》を買っているか、わかったようだ。

ふだんの威勢のよさはどこへやら、肩をすぼめて帰っていった。遠ざかっていく後ろ姿が寂しげで、ちょっとせつない気分になった。

私は小柄ではあったが、けんかは強かった。小学生のころから水汲みや畑仕事をやり、知らず知らずのうちに足腰が鍛えられたのか、相撲大会でもいつもよい成績をおさめていた。勉強のほうでも上位を保っていたので、友達には一目置かれ、頼りにされているところがあった。

たとえば、小学校時代にもクラス対抗の野球大会でこんなことがあった。

しゃらくさいことに、対戦相手のピッチャーがうまくて、さまざまな変化球を投げてくるのだ。自信満々で、うちのチームの審判役が「ボール」とコールしてもしたがわない。

「今、カーブが曲がって入っただろ。ストライクだ」

強く言われると審判は自信がなくなるらしく、「ストライク……」と判定をくつがえす。

相手チームは不利な判定をされるたびに口々に抗議した。

「今のはスライダーだ。ストライクだ」

「そうだ、間違いなく入ってた」

とうとう、審判役の友達がいやになってしまったらしく、私に声をかけた。

「りっちゃん、おまえが審判やれ」

「そうだ、利一にやらせろ」

ルールをよく知っていて、口が達者な私なら言い返せると思ったようだ。だが、私は球がよく見えないのだから、審判などとうていできない。残念ながら固辞したのである。

だれしもさまざまな側面をもっている。内向的でコンプレックスに悩む私と、自己顕示欲が強く負けず嫌いな私——。どちらも私の一面であり、私の中では違和感なく共存していたのである。

第三章　失恋に押されて心理学の世界へ

全能の神をめざそう

私が高校に進学した昭和三十年ごろは、電化製品はまだ十分に普及していなかった。その家庭の経済力や住んでいる地域によって、持っているものに大きなばらつきがあった。

ランク分けすると、第七ランクは電灯だけ、第六ランクはラジオ、第五ランクはさらにトースターと電熱器、第四ランクは扇風機に炊飯器、第三ランクは電気洗濯機、第二ランクは電気冷蔵庫、第一ランクの家にはテレビと電気掃除機も、となるという（榊原昭二『キーワードで読む戦後史』岩波書店）。

わが家は当然第七ランクだった。当時は高校に進学するのは約半数で、今のようにだれもかれもが行く、というわけではなかった。実際、四歳上の姉は高校に進学したくて内緒で受験して合格していたのに、貧しさゆえに行かせてもらえなかった。

私が進学できたのはむろん伯父の援助のおかげで、将来両親の面倒を見ることを期待されてのことだった。

高校に入学すると、新たな交友関係ができる。いつまでも斜視にこだわっていては前に進めない。私は自分のコンプレックスを克服する方法を模索し始めた。

学校の図書室から本を借りて、むさぼるように読んだのもこのころだ。武者小路実篤、芥川龍之介、志賀直哉……。それまでの読書経験といえば、従兄が残した数冊の本だけだった。自分で選んだ本を読むのは初体験で、何を読んでも新鮮な刺激を受けた。

私は真剣に自分と向き合い、内省を深めていったのである。どうしようもないことにとらわれている自分は、あまりにもちっぽけで視野が狭い。もっと大きな存在になり、別の豊かさを身につければ、斜視を乗り越えられるのではないだろうか。こんな思いが強くなっていった。

コンプレックスが私を内省へと向かわせ、新しい境地を切り開くカギとなったのである。

三年生になるころには、人間の評価は外面的要素ではなく、内面の豊かさによって決まるのだと確信するようになった。

もし、神がいるとすれば、その神は全人類の人格を所持する存在であろう。神をめざしてわずかでも近づくことは、多くの人と接してその人格からさまざまなことを学び、自分の内面を豊かにすることだ。

なぜ、神という概念が出てきたのかはわからない。ただ、自分を磨き、よりいっそうみんなに信頼されるような、好まれるような人間になりたいと心から願った。

私は神をめざした、全能の人をめざしたのである。そのためには、行動しなくてはならない。ただ思っているだけでは、何も変わらないのである。

ちょうどそのころ、私はクラスメートに淡い恋心を抱くようになった。清楚な感じの三つ編みの少女だった。神をめざした理由の一つに、この少女のハートをつかみたいという不純な（？）動機もあったにちがいない。

このように壮大な目標を掲げ、アクティブな安部に大変身したところまではよかったのだが、私の行動はあまり神らしくはなかった。

三年生になったのだから、受験勉強に力を入れなければいけないのに、私はそれどころではなかったのだ。恒例の地区の大運動会が近づいていたからである。

私たちの地域では、五月には高校の創立記念日に合わせて、年に一度、地区対抗の大運動会が開催されていた。各地区から代表選手が選ばれ、我々も大人たちに混じって競技をするのである。高校の応援団は華々しいパフォーマンスを繰り広げる。高校生にとっては最高の晴れ舞台だった。

それまでは、応援団のリーダーになるのは実業科の生徒と相場が決まっていた。そのため、実業科の生徒たちは、応援の練習中は何かと幅を利《き》かせていた。普通科、特に進学クラスの下級生を目の敵にして、帽子が斜めだ、上着のボタンがはずれている、歩き方がえらそうだ、などとささいなことで言いがかりをつけてはいじめる。

このいじめは長年の慣行になっており、先生方も見て見ぬフリをしていた。そこで、私の正義感がめらめらと燃え上がったのである。

「なんとかしてやめさせせんといけん。そのためには、応援団の中枢に入っていかんと」

彼らと対等の関係になるために、私は応援団に入って副団長となったのである。進学クラス初の副団長だ。本気なのかといぶかる声もあったが、私はきっちり練習に参加した。

実業科は、普通科が練習をさぼらないか、常に目を光らせていた。だれかが途中で帰りたいと言おうものなら、待ってましたとばかりに抑えつける。

「いけん！　応援練習を抜けるなんてとんでもないやつじゃ。絶対に帰さん」

なかには練習をさぼりたいだけの生徒もいたかもしれないが、どうしても用があって帰らなければならない者もいる。みんな困り果てて私に訴えてきた。特に下級生となれば、頼るのは私しかいない。

「どうしても家の用事があるのでお願いします」

「わかった。いいから帰れ。安部が帰っていいと言ったと言え」

私は副団長として帰宅を許可した。もちろん、実業科は黙っていない。

「何やっとるんだ。なんで帰した」

「普通科はいいかげんで腑抜《ふぬ》けばかりだ」

私個人だけではなく、普通科への敵対心をむき出しにして激しく攻撃してくる。何事かと担任の先生まで出てくる騒ぎになった。

「いや、先生は出なくていいです。ぼくが一人で話し合いに行くから」

私は堂々と一人で実業科に乗り込んでいった。神をめざしているぐらいだから、私は人一倍ヒーロー願望が強かったのかもしれない。

一人で多数に囲まれるというシチュエーションになることがしばしばあり、そのつど冷静に相手を説き伏せて帰ってきた。このときも理詰めで話をつけ、騒動を収束させたのである。

大運動会も無事終わり、いよいよ受験勉強に突入かと思いきや、夏には謹慎をくらってしまった。同級生と夏祭りに出かけ、他校の生徒がお酒を飲んで騒いでいるのに乗じて私たちもハメをはずし、通報されたのである。高校生なのに酒を飲み、タバコを吸って騒いだのだから、謹慎となっても文句は言えなかった。

さらに私のクラスは、夏休みにキャンプに行こうと盛り上がってしまった。

その高校は、普通科と実業科に分かれており、普通科が進学クラスと就職クラスの二クラス、実業科が農林科、畜産科、家庭科の三クラスあった。

私のクラスは唯一の進学クラスだった。私たちの進学成績が高校の評価に直結するので、先生方の熱の入れようもたいへんなものだった。

当時は四当五落という言葉がはやり、四時間しか寝ないで勉強すれば合格できるが、五時間寝たら落ちるといわれていた。それだけ受験戦争は厳しく、夏休みは勉強するのがあたりまえだった。

「キャンプなんて、何ばかなことを言うとるんだ。勉強せないけん」

担任は懸命に説得したが、私たちは耳を貸さなかった。

「だって、今年が最後なんですよ」

こうして、四十六人のクラスのほぼ半数がキャンプに参加して、最後の夏を惜しんだのである。担任も不承不承《ふしょうぶしょう》ながらついてきたのがおかしかった。

私のクラスは結束が固かった。気に入らない先生がいるとみんなで示し合わせて質問攻めにした。

それればかりか、授業をボイコットしたこともある。演劇部が自主公演の際に入場料をとるというのだ。しかも、それを演劇部自身の収入にすると聞いて、私たちは抗議の声をあげた。

「部活の会費は親が出している。それなのに演劇部が公演して、入場料を自分たちの収入にするなんてもってのほかだ」

「ちゃんと私たちは顧問の先生の許可を得たんだからいいでしょ」

これを聞いて、怒りの矛先は演劇部の顧問に向かった。

「なぜ、先生がそんなやり方を許すんですか。そんな形で一般公開するのは絶対にいけん。先生の見解をはっきり示してください」

私たちはこう要求して授業をボイコットした。四十代の世界史の先生だったが、おろおろするばかりで、なんの回答も示さない。

私たちは授業をさぼって、近くの中学のグラウンドでソフトボールをして遊んだり、弁当を持って山にハイキングに行ったりした。真面目な生徒が三人ぐらい教室に残って、世界史の授業を受けた。

担任や副担任、学年主任もあわてて事態の収拾に乗り出した。ホームルームのときに、三人そろって教室にやって来て、私たちを叱りつけたのだ。

「おまえたちは何やってんだ。もう二学期じゃ。勉強せんといけんじゃろ」

「先生方の話は一応聞きますけど、顧問の回答が出るまでは授業に出ません。ぼくたちは……」

クラスきっての理論派の男子が、淡々と私たちの考えを述べた。

担任は私の家の近所に下宿していた。長期戦になったら困ると思ったのだろう。うちに来て私に頼むのであった。

「安部君、なんとかおさめてくれんか」

「いや、ぼくは首謀者じゃないですから」

担任は若くて真面目な先生だった。東大を出て民間の企業に勤めていたが、結核を患《わずら》って退職し、数学の教師になったのだ。私たちは初めての教え子だった。とても熱心で生徒の話に耳を傾けてくれるいい先生だったけれど、優柔不断なところがあった。

このときも、生徒を信じて見守ればいいのか、ガツンと怒って強引にボイコットをやめさせればいいのか、決めかねているようだった。

数日後、入場料はとらないということで、演劇部問題は決着を見たのである。私たちの意見が通り、クラスがおおいに盛り上がったのは言うまでもない。

のちに、私は児童相談所に勤務して、さまざまな問題行動がある子どもたちと接することになるのだが、このころの経験がおおいに役立った。

表面的な行動や態度にとらわれずに、内面に働きかけていくと子どもは変わる。私自身も、自分の内面を深く見つめるようになって、大きく変わった。

内気な自分から行動的な自分へ。けれど、社交的にはなれなかった——。

まるで青春ドラマのような、若き日のひとコマである。

分厚いラブレター

悩み多き中学時代とはうってかわって、変身してからの私は青春を謳歌していた。しかし、楽しんでばかりもいられない。なにしろ高校三年生だ。受験という関門が立ちはだかっている。

一学期は大学受験を意識して、勉強しなければという思いが強かった。自分はできると、かなりうぬぼれてもいた。その自信を打ち砕いたのは、数学の宿題だった。私にはどうしても解けなかったのだ。

翌日の金曜日、私はやむを得ず学校を休んだ。宿題ができないから学校に行けない、と思い込んだのである。

朝から晩まで私は数学の問題と格闘した。それでも解けず土曜日も休んだ。日曜日になったとき、今日はずる休みをしなくていいんだ、と思うとほっと心が軽くなった。その瞬間、私はあたりまえのことに気づいたのだ。

――なんだ。できないならできなかったと言って学校に持っていけばいいんだ。休む必要なんかなかったじゃないか。

私はどうしても友達や先生に教えてほしいとは言えなかった。一方では突っ張って応援団の副団長をやっているのに、数学の問題が解けないなんてかっこ悪すぎる。教えを請うのは、私には屈辱的なことだったのだ。

このとき、いかに自分が見栄っ張りか、はっきりさとったのだった。

「できませんでした」

月曜日、私は解けないのを素直に認めて先生にノートを提出した。すると、思いがけない言葉が返ってきたのだ。

「安部、これできてるじゃないか」

「エッ？　それでよかったんですか？」

正解しているにもかかわらず、できないと思いこんで、正解と判断できなかったのだ。

夏休みも終わり、二学期に入るとクラスは受験モードに突入した。しかし、私はちっともエンジンがかからなかった。

「大学には行けんぞ。就職せないけん」

従姉にこう告げられたからだ。

伯父は、私が幼いころから「大学に行って、かたい職業について親の面倒を見ろ」と言い続けてきた。だから、私は大学に進学できると思い込んでいた。

自分の進路を伯父の胸三寸《むねさんずん》で決められてしまうのは、わかっていたこととはいえ、実に情けないことであった。当時、大学に進学するのは一割程度。うちのような貧しい家庭ではとうてい無理な相談だったのだ。

夏にはじけすぎて勉強がおろそかになっていたこともあり、モチベーションがすっかり下がってしまった。私は嫌いな授業をさぼって映画を観に行ったり、畜産科の牛舎に遊びに行ったりした。

実力テストがあるときは、実力を試すテストなのだから勉強なんかしなくてもいい、と屁理屈をこねて、本当にまったく勉強しなかった。

世界史の答案用紙が返されたとき、ふだんなら最高点と平均点を発表する先生が、「最低点〇点」と言いながら私を横目で見てにやりとした。

案の定、私は最低点だった。

「おおっ、おれだ」

私が叫ぶと、クラスがどよめいた。

「うそ言え」

「おまえが？　そんなことないじゃろ」

「ほんとじゃ。これ見ろ」

私の答案用紙はクラス中を回った。私が初の最低点を取った、記念すべき日（？）であった。

中間テストでは、四十六人中四十番だった。

「エッ？　おれ四十番だ。おれよりまだ悪いやつがいるんだ」

私は思わず声に出して言ってしまった。彼らに申し訳ないことをしたと反省したが、後の祭りだ。

このまま転落の一途《いっと》かと思われたが、伯父の鶴の一声で私はまた勉強を始めるのである。

「利一、大学に行け」

はや、十一月になっていた。

当時は、国立大学は一期校と二期校とに分かれており、一期校は三月のはじめ、二期校は同じく二十日過ぎに入試があった。

あと四ヵ月ほどしかない。私は全力で勉強に打ち込んだ。だが、いつも脳裏にちらついてかき消せないものがあった。あの少女の面影《おもかげ》である。彼女はだれに対してもやさしく素直な性格だった。ちょっとしたしぐさや表情がかわいくて、胸がきゅんと締めつけられた。卒業したらもう会えないと思うと、ますます恋心がつのった。

二月半ばに卒業生を送る会が開かれた。彼女は私の斜め前に座っている。髪を束ねた後ろ姿を見つめながら、私は感傷的な気分にひたっていた。

「いよいよこれで最後だな」

まだ卒業式が残っているのをすっかり忘れて、私は心の中で彼女に別れを告げたのである。

国立一期の入試を一週間後に控えたある日、私は親しくしていた友達の家に遊びに行った。少し息抜きをしたかったのだ。

雑談のついでに、私はふと漏らした。

「実は好きな子がいるんじゃ」

「へえー、おまえは硬派だと思ってたのに」

友人は驚きながらも真顔で聞いた。

「おまえ、ちゃんと自分の意思表示したか?」

「いや、してない」

「しないといけんが」

「でも、どうしたらいいのかわからん」

「実はおれ、つきあってる子がいるんだ」

今度は私が驚く番だった。彼に交際している人がいるなんて初耳だった。彼はラブレターを書き、彼女と同じ汽車で通学している友達に、渡してくれと頼んだという。

「そしたら返事が来て、つきあい始めたんだ」

「そうか、その手があったか」

私ははたと膝を打った。ラブレターを書くなんて、つゆほども考えなかった。

私は帰宅するとすぐに思いの丈《たけ》を綴った。なんと便箋十二枚にもなった。

分厚い封筒を抱え、郵便ポストの前でどのくらい逡巡しただろう。やめようか、入れようか、心は右に左に大きく揺れて、なかなか決断できない。

ついに意を決して私は手を離した。

――ああーっ、しまった。

さいは投げられた。これからいったい何が起こるのだろう。新しい世界が開けるのだろうか。心臓がドクン、ドクンと激しく波打った。

それからは、郵便受けをのぞくのが日課になった。ひょっとしたら、今日返事が来ているかもしれない、今日かもと思っているうちに、一期校の受験が間近に迫った。気になりながらも、私は広島に受験に出かけた。淡い期待をもって帰宅したが、やはり返事は来ていなかった。

こんな調子で受験勉強が不十分なうえ集中力にも欠けていたせいか、第一志望の一期校は不合格だった。私には二重の打撃だった。とても卒業式に出る気分ではない。大学は落ちてしまったし、返事も来ない。どんな態度で彼女に接したらいいのかわからない。

私は卒業式を欠席した。叔父の住む津和野町を訪ね観光で時間をつぶして帰宅すると、父が悲しそうな表情で卒業証書を差し出した。だれかが届けてくれたらしい。父は私が卒業式に出る気がないのを知っていた。

「卒業式ぐらい出ろ！」

そう言って叱りつければいいのに、父はいつも何も言わない。病弱で家族を養えないみじめさが、父を無口にしていた。

夏に謹慎をくらって帰ってきたときも、父はただ座っていた。背中から寂しさが伝わってくるようで、心配をかけて申し訳ないと心から思ったものだ。

息子に何も言えない父が、たまらなく気の毒だった。男として親として、言いたいことも、家族にやってやりたいことも山ほどあるだろうに――。

私は父が手渡してくれた卒業証書を黙って受け取った。

人間の心を知りたい

国立二期校の島根大学教育学部には無事合格できた。私は家を出て、松江で下宿生活を始めた。寮もあったが、人間関係がわずらわしそうだし、飲み会に誘われても金がないからつきあえない。間借りのほうが自分のペースで生活できるので気楽だった。

桜の花が咲き始めたころ、私にも春が来た。一通の手紙が舞い込んだのだ。待ちに待った、彼女からの返信だった。もうすっかりあきらめていたのでなおさらうれしくて、私は躍り上がった。

「うわぁ！　来た」

私はすぐに返事を書いた。私の頭の中では桜は満開。夢に見ていた大学生活もスタートし、天にも昇る気持ちだった。しばらくして、彼女からまた手紙が届いた。私は有頂天になり、大学生活の様子やこれからの抱負などを書き綴って投函した。

このころは幸せの絶頂にいた。彼女のかわいい笑顔を思い浮かべると、自然に頰がゆるむ。はずむような気持ちで、勉強にもアルバイトにも精を出した。

しかし、この幸せは長くは続かなかった。今度は彼女の友達から手紙が届いたのだった。なんだろうと不審に思いながら開いてみると、こう書かれていた。

「彼女のことは、そっとしておいてあげてください」

さすがの私も何を言わんとしているのか理解した。頭から冷水を浴びせられたようなショックを受けた。

そういえば、彼女の手紙には「友達として」というような文言が入っていた。やんわり断られていたのに、私は舞い上がって冷静な判断ができなかったのだ。
なんて罪なことをしたのだろう。私を気遣い、できるだけ傷つけずに断ろうとして、悶々としたにちがいない。ようやく返事を書いたのに、私は自分に都合よく解釈してしつこく手紙を出してしまった。見かねた友達が彼女に代わって断ってきたのだ。

私は、彼女を追い詰めた自分の鈍さをのろった。つらい思いをさせてしまった自分が許せなかった。

いてもたってもいられない。いっしょに島根大学に進学した、高校時代の友人の下宿に転がり込んだ。

「頼む。しばらく泊めてくれ」

事情を話すと、彼はいたく同情してくれた。

私は沸き上がる自責の念にも失恋のつらさにも、一人では耐えられなかった。自分の下宿を引き払い、三ヵ月ほど居候《いそうろう》させてもらった。六畳一間に大の男が二人――。奇妙な同居生活だったが、彼は文句も言わずに受け入れてくれたのである。

それからというもの、どの女性を見ても実に美しく感じられ、側にも寄れない気持ちになった。彼女への思慕が、すべての女性に広がったようだった。

街を歩いていても、大学に行っても、女性はキラキラと輝いて見えた。私にとっては、女性はあこがれの存在で雲の上の人だった。

私は彼女の気持ちを思いやることもできず、重荷を背負わせてしまった。人の心が何もわかっていなかったのである。もっと人間の心理を理解しないとダメだ。もっと研鑽《けんさん》して、相手にふさわしい豊かさを身につけないといけない。

私はより深く自分を見つめるために、心理学の世界に足を踏み入れた。つまり、失恋が心理学へと導いてくれたのである。

眼に対するコンプレックスや対人恐怖などに悩まされていたので、子どものころから人間の心理への関心はあった。とりわけ差別と偏見は、しこりのように常に気になる存在だった。そのせいか、臨床心理学より社会心理学に強くひかれ、私は熱心に勉強した。

また、哲学書も読みふけった。カントの観念論哲学やジョン・ロックの経験哲学、サルトルやキルケゴールなどの実存哲学、マックス・ウェーバーの社会思想、さらには、マルクス、エンゲルスなどの唯物論や唯物史観哲学……。難しくて理解できないので、何度も繰り返し読んだ。それでもきちんと理解できたかどうかは疑わしい。

あるとき、青年心理学の講義で、「著名な人の青年観について書け」という課題が出た。私はサルトルを選んだ。彼自身が強度の斜視だったので、共感するところがあったのだ。もっとも、そんな枝葉のような単純なことが彼を選んだ動機ではなかったが、やはり彼にとっても子どもの頃、眼の問題は大きかったと推察される。無意識に心に積み重なったものがあり、それが思索にも影響を与えていたのではないかと思う。

このころの勉強は、今日の私の基礎を作ってくれた。ことに、エンゲルスの『猿が人間になるについての労働の役割』は、私のバイブル的存在となっている。

これは未完といわれる短い論文なのだが、非常にざっくり言うと「何度も何度も繰り返し行動したり考えたりすることによって、ある瞬間に質が変わり、内面が進化して高まる。人間の子どもの精神的発達は、同じ祖先の知的発達の過程を、短縮した形で繰り返している」という発達の理論である。この理論は、今でも私が子どもたちと接するうえでたいへん役に立っている。

世の中は、六〇年安保闘争で騒然としていた。全学連が国会に突入した際に警官隊と衝突、デモに加わっていた東大生の樺《かんば》美智子さんが亡くなった。このニュースは日本中を駆け巡り、多くの人に衝撃を与えた。

島根大学でも授業をボイコットし、学生も教官もともに「安保反対」を叫んでデモ行進を行った。また、この闘争をきっかけに、島根大学の教育学部にも学生の自治会を発足させようという機運が高まったのである。私が心理学や哲学に傾倒した背景には、このような時代の潮流もあった。

私は大学に入学してからは本気で勉強した。自分を高めたかったし、怠けていたのでは伯父に申し訳が立たないという思いもあった。生活費はアルバイトと奨学金でまかなっていたが、学費は伯父が援助してくれていたのである。

相変わらず貧乏だったので、割のいい家庭教師をはじめ、きつい交通調査や農作業の手伝いなど、仕事があればなんでもやった。中学時代から通学のかたわらアルバイトをするのはあたりまえだったので、まったく苦ではなかった。特に農家の仕事はお手のもの。ご飯がたらふく食べられるのがうれしかった。

お金がないときは、一日にコッペパン一個である。その一個でいかに空腹をしのぐかが、私の大きな課題であった。いろいろ試した結果、時間をかけて口の中でドロドロになるほどよく噛んで食べるのが、いちばん腹持ちがよいのがわかった。

なんとかもっとお金を節約できないだろうか――。あれこれ知恵をめぐらせているうちに、はたと気づいた。身体障害者には、交通機関の割引があるのだ。

まずは身体障害者手帳を交付してもらわねばならない。私はいさんで受診した。ところが五百円程度の診断書代が払えなかったのだ。恥をしのんでその病院に勤めていた看護師の従姉にお金を借りて、ようやく手帳の申請ができたのである。私は視覚障害の五級と認定された。それからは乗り物は半額、映画館でも割引サービスを受けられ、おおいに助かったものだ。

私の貧乏ぶりは学内にも広く知れ渡っていた。心理学研究室で就職に向けての推薦状を作っているとき、先生方の間でこんな話が出たそうだ。

「安部の趣味はなんじゃろうな」

「下駄履きでよく街を歩いとるな。散歩が趣味か」

「いや、金がないだけだ」

当時は運動靴より下駄のほうがずっと安かった。

こんな貧乏学生を見かねたのか、大学前の食料品店ではつけで買わせてくれた。十人ばかりの学生のために掛買《かけが》いノートが置いてあった。金欠のときには実にありがたく、私の命綱のようなものだった。

卒業して十数年経ったころ、店主のおばさんにばったり出会った。

「あのころが懐かしいね。今は学生との信頼関係がなくなってまったくダメよ」

おばさんは小さくため息をついた。

おばさんのせっかくの厚意を無にする後輩がいるとは情けない。貧乏は恥ずかしいことではないが、信頼を裏切るのは恥ずべき行為だ。たった十数年で学生気質がすっかり変わってしまったようだった。

おばさんと話しているうちに、学生時代のほろ苦い思い出が鮮やかによみがえった。

三歳下の弟も大学進学を望んでいた。私は、自身は進学していながら、あきらめるように説得したのである。弟の無念さを思うと、いっしょに泣きたい気持ちだった。

その下の妹は、高校に行かずに住み込みの看護助手見習いになるように、親戚にすすめられた。

当時の私にとって、伯父ははるかな高みにいる怖い存在で、逆らうことはもちろん、自分の意見を言うことすらはばかられた。でも、このときばかりは、勇気をふるって伯父に頼み込んだ。伯父は私の願いを聞き入れ、妹を高校に進学させてくれたのである。

社会人になって、私は自分がいかに恵まれていたか、自分の視野がいかに狭かったか、ようやく気づいたのだ。五人兄弟のうち、長男で一家を支えなければいけないからと、私だけが大学まで進学できたのである。

かつてはあれほど反発した伯父だったけれど、進学率一〇パーセントぐらいの時代に大学まで出してくれたことは、どんなに感謝してもしきれない。今の私があるのはすべて伯父のおかげだ。実によく面倒を見てくれたと、しみじみ思うのである。

第四章　新米心理判定員の苦闘

頼りないけれど情熱はあった

大学を卒業後、主任教授のすすめで、私は県立の保育専門学院に就職した。心理学の助手のポストに空きがあったのだ。県立だから県の職員として採用され、学院に配属されるのである。

ところが、児童相談所も人材不足で、心理学を専攻した私を欲しいと言い出したのだ。そのため一年半ほど兼務し、保育専門学院が短期大学になるときに、私は児童相談所の専任となった。

児童相談所の心理判定員のほうが、自分の経験や専攻をより生かせると判断したのである。私は更生指導に関心があり、学生時代にも児童相談所や少年鑑別所、刑務所にたびたび足を運んだ。子どもたちを支援したいという思いは強かった。

こうして、出雲を振り出しに、島根県内の児童相談所を転々とすることになったのである。

経験が浅い若手の職員は、二人で組んで面接する仕組みになっていた。そのころは不登校の相談が急激に増え始めており、学校に行かない子どもがいることに驚かされたものだ。

当時は登校拒否と呼ばれていたが、今のように広く認知されてはいなかった。

「子どもが学校に行きたくないと言うんです。どうしたらいいでしょうか」

こう保護者に訴えられても、なんとアドバイスすればいいのかわからない。心理判定員といっても新米だし、親としての経験があるわけでもない。

返事に窮して私が聞く。

「なぜ、学校に行きたがらないのでしょうか」

「さあ……。それがわからないから、困っているんじゃないですか」

「……そうですよね……」

しばらく見守ったほうがいいのか、無理やりにでも学校に行かせたほうがいいのか、判断がつかない。

「どうしたらいいのかな」

コンビを組んでいる職員にこそこそと耳打ちする。

「いや、ぼくもわからん。ちょっと上に聞いてくる」

「エーッ!」

私一人残されても、どんな話をすればいいのかわからない。

自分の親ぐらいの年齢の人がすがる思いで来ているのに、なんの役にも立たないのだ。私はただ、児童相談所の看板を背負っているだけの若造であった。こちらが試されている気がして、ひたすら苦痛だった。

朝になると下痢をしたり、おなかが痛くなったり、登校拒否を治すどころか自分のほうが出勤拒否になりそうだった。あまりにもつらくて、交通事故で入院したいと本気で考えたものだ。なんとも頼りない心理判定員である。

児童相談所では問題を抱えた子どもや親の相談に乗り、必要に応じて子どもを一時保護所で預かる。その間に本人や保護者の意思を確かめながら、家庭に帰すか児童福祉施設に入所させるか決定するのである。対象はゼロ歳から十八歳未満の児童である。

私たち心理判定員は、心理学的検査や面接、観察などを通して、子どもたちの心理を分析するとともに、心理療法やカウンセリング、アドバイスなどを行うのである。

当時は宿直があり、独り者は同僚の宿直によくつきあったものだ。親に相談されてもどう助言したらいいのかわからないけれど、燃えたぎる情熱はあった。子どもたちのことになると議論は尽きず、徹夜になることもしばしば。明け方にはみんな疲れて寝入ってしまう。

「先生、朝ですよ。ご飯できましたよ」

と、一時預かりの子どもたちに起こされたことも少なくない。本来なら職員が朝食を用意しなければならないのに、面目丸つぶれだった。私は独身時代は、月の半分ぐらいは宿直をしていた。

あるとき宿直明けにふと見ると、敷地内の池でなぜかイタチが溺れ死んでいたのである。

当時の課長は軍隊経験があるつわものだった。平然とナイフを取り出し、器用に皮をはいでいく。

「よし、これをなめそう」

「エーッ！」

驚きはしたものの、なんだかおもしろそうだ。私は知り合いの島根大学農学部の教授に教えを請い、仕事をさぼって児童相談所の裏庭でせっせとなめしたのである。少しの時間でも、つらい仕事から逃げ出したいという思いがあったことは否定できない。助けを求められているのに救いの手を差し伸べられないのは実に情けなく、忸怩《じくじ》たる思いだった。

私にできることといえば、一時預かりの子どもたちといっしょに走ったり、遊んだり、若さにまかせて動きまわることだけだった。近くの海で水泳や釣りを楽しむこともあった。ハゼやキスなどの小さな魚しか釣れないが、持ち帰って晩ご飯のおかずにすると子どもたちがとても喜んだ。

初夏になると、浜辺には、ボウフウ（防風）というセロリのような香り高い植物がたくさん生える。吸い物に入れたりてんぷらにすると、なかなかおいしい。

「今日、みんなで採ってきたボウフウだよ」

「わーい！」

そんなときの子どもたちの笑顔は底抜けに明るい。けれど、みんな心に深い傷を負っているのである。

児童相談所の一時保護所には常時四、五人の子どもたちがいて、寝食をともにしていた。なかには障害のある子もおり、私はここでも大切なことを教えられたのである。

児童相談所で初めて接したのは、言葉もしゃべれず排泄の処理もできない十歳の女の子だった。

排便のときにはお尻をふいてやらなければならないのだが、しだいに男性職員に世話をされるのを嫌がるようになった。重度の障害があっても心は年齢相応に成長しており、女性としての感情やはじらいをもっているのだ。彼女の尊厳を守らなくてはいけないと、そのとき気づかされたのである

また、私が大怪我をしたとき、思いがけない行動をとって喜ばせてくれた子もいた。

ある夏の当直の夜、その事故は起こった。

夏休みだったからか、ふだんより保護している子が多く、小学生から高校生まで八人ぐらいいた。知的障害児、非行の子、不登校の子、性的虐待を受けて妊娠した子、

中学卒業後就職したがなじめなかった子、祖母が入院して世話をしてくれる人がいなくなった子など、みんななんらかの事情で家庭に帰せない子どもたちだった。

楽しい夏休みの思い出を作ってやりたいと思い、私はこんな提案をした。

「肝試《きもだめ》しをしようか」

「うん」

「やろう、やろう」

みんな乗り気だったのでルールを決めた。

「じゃあ、本館の二階の廊下の突き当たりにうちわを置くから、一本ずつ持って帰ることにしよう」

「わかった」

私は雰囲気を盛り上げるために本館も保護所も全ての電気を消して怪談を始めた。

「……そうして……、その女の人がぱっと振り向いたら、口がこんなに大きく裂けて……」

女の子は悲鳴をあげるし、男の子も顔を引きつらせてつばを飲み込んでいる。怪談は大成功だった。

「じゃあ、肝試しの順番を決めよう。じゃんけんで負けた子から行くんだよ」

ところが怪談が利きすぎたのか、一番目の子も二番目の子もこわがって後にすると言う。三番目に負けた子は平気なようで「じゃあ、私が行ってくる」と、すたすたと本館に向かって歩き出したのである。

そのとき、私はふと気づいた。

――そうだ。本館の二階に上がる階段はコンクリート、つまずいて転んだら危ない。あそこの電球だけつけておこう。

私は本館のほうに走り出した。彼女がたどり着く前につけておいてやらないと、とあせっていた。そして、ガラス扉に激突したのである。両側とも開けておいたはずなのになぜか片側だけ閉まっていたのだ。その瞬間、何が起こったのかわけがわからない。鋭い痛みを肩に感じて腕を引き抜いたとたんに、激しい勢いで血が噴き出した。後で見たら天井まで真っ赤だった。本当の怪談になってしまったのである。

「ギャーッ!」

女の子が叫ぶ。

警備員さんが駆けつける。

「救急車を呼びましょう」

「いや、近いから自分で走っていくよ」

そのとき、知的障害児のサトシが飛んできて、自分のタオルで血の噴き出る腕をしばってくれたのだ。

「ありがとう。先生はだいじょうぶだから。みんな時間になったらちゃんと寝るんだよ」

子どもたちに言い残して私は急いで病院に行き、十八針縫ったのである。

治療を終えて帰ってくると、子どもたちは寝たフリをしながら、私を心配して聞き耳を立てている。子どもたちのやさしさが身に沁みた。

いちばん感動したのはサトシの行為だった。サトシは障害のせいか、絶対に他人に自分の持ち物を貸せないのである。それなのに汚れるのもいとわず、必死の表情でいつも大切にしているタオルを巻きつけてくれたのだ。真剣に向き合えば子どもたちも応えてくれる。私は大きな自信を得たのである。

約一年後、たまたま街で彼に出会った。

「先生、あの腕どうなった？　見せて」

彼は忘れておらず、私を気遣ってくれたのである。

今でも後遺症が残っており、腕を押さえるとビリビリ痛む。けれど、あの夜の出来事は宝物のような思い出になったのである。

自らの力を引き出す

こうして少しずつ子どもたちとの触れ合い方もわかってきたころ、児童相談所に万引きや窃盗を繰り返す中学生がやってきた。いわゆる非行少年である。新米の手に負える事案ではないので、ベテランの上司が担当することになった。その上司はだれしも認める豪腕で、強烈な個性の持ち主だった。

子どもが問題行動を起こすと本人を責めがちだが、その裏に親や家庭の問題がひそんでいることがほとんどだ。そのため、子どもだけを矯正しようと思っても難しく、親への支援が欠かせない。

児童相談所は、児童福祉施設や学校などと連携しながら、子どもと保護者に対して適切な援助を行っていく。家庭環境を調整したり、親子関係を改善していくのも、私たちの重要な仕事のひとつだ。

このような責務を果たすために、児童相談所には私たちのような心理判定員のほか、ケースワーカーも在籍している。基本的には、心理判定員は子ども、ケースワーカーは保護者の面接を受け持つ。双方のデータをつき合わせて問題行動の原因を探り、子どもの処遇を決めていくのである。

このケースでは父親が原因を作っていた。父親は自分が貧しくて学校に行けなかったので、子どもには十分な教育をつけさせたいという。これだけなら子を思う親心で、特に問題はない。

だが、この父親の場合はあまりにも度を越えていた。勉強を強要して無理やり机に座らせ、成績が悪いと暴力をふるった。一種の虐待ともいえるだろう。

彼は父親の暴力を避けるために通知表まで改竄《かいざん》した。もちろん、父親を喜ばせたい、という思いもあったにちがいない。どんなひどい親であっても、子どもは親にほめてほしいし、愛してほしいのだから。

通知表を見ると数字がすべて4と5に書き換えられ、先生の訂正印が押してあった。

「この判子はどうしたんだ？」

「自分で彫って作りました」

「それはすごいな」

感心している場合ではないけれど、見事なできばえだった。父親もいったんはだまされて大喜びしたらしい。でも、あたりまえのことだがすぐにばれてしまった。喜びが大きかっただけに落胆も激しく、父親は激昂して息子を殴った。追い詰められた子どもは非行に走るしかなかったのだ。

担当の上司は父親に談判した。

「これからは絶対にプレッシャーをかけないようにしてください。彼のことは全部こちらにまかせてください。わかりましたね」

上司の気迫に押されて、父親は素直にうなずいた。

どんなに言われてもわからなかったり、絶対に自分が正しいと言い張ったり、逆切れしたり、親の態度もそれぞれだ。この父親はこちらの指示に従おうとするだけずいぶんましで、親子関係の改善が期待できた。

私は自分にできるサポートをした。すなわち、マラソンをしたりグラウンドに土俵を作って相撲をしたりして、いっしょに運動したのである。

通常は子どもの預かりは長くても一ヵ月ほどだが、彼は三ヵ月も一時保護所で生活した。父親の抑圧から解き放たれ、無心に体を動かしたのがよかったのだろうか。日増しに表情が明るくなり、見違えるほど元気になって自宅に帰っていった。

驚いたことに、彼は校内のマラソン大会で優勝した。自発的に勉強にも取り組み、三年生のときにはトップクラスの成績になったのである。やればできると自信がついたのだろう。二度と非行に走ることはなかった。

もちろん、その陰には父親の努力があった。きちんと約束を守って態度をあらためたのだ。上司の懸命の指導が実を結び、いびつな親子関係を修復できたことが、子どもの更生につながったのである。

私の力は微々たるものであったが、少しでも役に立てたのがうれしかった。よき上司にも恵まれ、私は徐々に心理判定員という仕事の輪郭をとらえられるようになっていったのである。

そんなある日、中学三年生の不登校の子が相談に来た。

「担任の先生にすすめられたので来ました」

彼は夏休みの課題でカエルの研究をし、なんと文部大臣賞を受賞したという。

「優秀な子で、大学生レベルの研究でした」

担任もこう認め、「なぜ不登校になったのかな」と首をひねるばかりだった。

彼のカウンセリングは、駆け出しの私が担うことになった。彼は頭がよく理解力もあり、対等に話もできた。

「どうして学校に行きたくないの?」

「わかりません。ただ行きたくないんです」

さらに聞いてみると、自信がないと訴えるのである。文部大臣賞までとっているのに！

「受験にも自信がもてないんです。だんだん落ち込んでしまって」

そう言われても、私もなんとアドバイスすればいいのかわからない。今思うとうつ状態だったのかもしれないが、当時は病気には思い至らなかった。

私は、ただただ彼の訴えに耳を傾けた。

「人と会うのがこわいんです。人間関係がうまくいかなくて……」

私は自分の中学時代を思い出しながら、心を揺さぶられた本や映画の話をした。私がそうであったように、彼自身が内省を深めて気づきを得るしかないのだ。

彼は高校受験をしないで浪人し、週に一度ぐらいのペースで通ってきた。私は話し相手になっていただけだが、少しずつ状態がよくなり、一年遅れで彼は高校に入学した。

しかし、対人恐怖がやわらいだわけではなかった。

「なかなかみんなの輪の中に入れないんです。それに、推薦されてクラス委員になったんですけど、起立、礼の号令をかけたり、みんなの前で今日の予定を言おうとすると、ものすごく緊張して声が出ないんです」

自分も経験があるだけに、私には彼の気持ちが手に取るようにわかった。でも、特効薬はないのだ。自分で克服していくしかない。彼は自分なりの対策を考えていた。

「人前で声を出せないのが困るので、大きな声を出す練習をしようかと思います」

「うん、いいじゃないか。ぜひやってごらん」

彼は人目を避けて、夜竹刀を持って「エイッ！　エイッ！」と声を出す練習を始めた。数週間たったある日、うれしそうにこんな報告をしてくれたのだ。

「先生、昨日の夜練習していたら、たまたま人が通りがかって驚かせてしまいました。思わず、『すみません』と謝ったんです。先生、ちゃんと普通に声が出たんです！」

「おおっ、よかったなあ。練習の成果が出たじゃないか。やったな」

私はともに喜び、彼をほめた。

彼は自ら解決策を考え自分を鍛える努力をして、結果を出したのである。これが自信につながったようで、だんだん緊張せずに友達としゃべれるようになった。

高校二年生になったころ、彼はぷっつり姿を見せなくなった。最初に来たときから、ほぼ三年が経っていた。もう、ひとりでしっかり歩けると彼は判断したのだ。自分で自分を認められるようになったにちがいない。

思い悩み、立ち尽くした三年間は、決して無駄な時間ではなかったはずだ。私もコンプレックスに悩んだ日々があったからこそ、他人の心のひだがわかるようになり、仕事にもおおいに役立った。彼もまた貴重な経験を積んだのである。

私はただ彼の話を聞いていただけだから、はたしてどれだけ力になれたのかわからない。けれど、このとき私は、相手を受容しながら傾聴することの大切さを学んだのである。

優秀な子だったので研究者にでもなるのかと思っていたら、教師になったと風の便りに聞いた。教師はしゃべるのが仕事のようなものだ。対人恐怖はすっかり克服できたのだろうと思うと、我がことのようにうれしかった。

第五章　失明率九九パーセント！

天職とも思えるのに転職？

一九六六年五月、出雲児童相談所の同僚で、ケースワーカーをしていた康子と結婚した。私は二十七歳、康子は二十八歳。「金《かね》のわらじを履いてでも探せ」といわれる一歳年上の姉さん女房である。

妻は子どものころから病弱だった。結核を患い、中学で二年、高校で二年、計四年の休学を余儀なくされていた。これまでにかかった病気は数知れず、と茶目っ気たっぷりに言う。明るく純粋で、やさしい性格だった。

私との結婚が決まったとき、妻は上司にこう言われたそうだ。

「だれと結婚するんか」

「実は安部なんですよ」

「エーッ？　それはやめとけ」

「なぜですか？」

「安部は背が低い、安部は目が悪い、安部は山に登る、安部は貧乏だ」

「でも、もう決めましたから」

この話を聞いて私は大笑いした。私は児童相談所でもけっこうな反骨ぶりを発揮しており、相手が上司だろうとなんだろうと自分の意見をはっきり言うので、一部の人に煙たがられていた。彼女の上司もそのうちの一人だった。逆に、私のそういうところを見込んで、「おれのところに来い」と引き立ててくれる上司もいた。

そんな話はどこの職場でもごろごろしているし、煙たがられているからといって私は特段気にしていなかった。康子に私を評して告げた上司はなかなかうまいことを言うと、感心したぐらいだ。

翌年、ひな祭りの日に長女三弥子が誕生した。妻の体が出産に耐えられるかどうか心配したが、幸いにも母子ともに元気だった。

初めての子どもは想像以上に愛らしかった。小さな手を動かしたり懸命におっぱいを吸っている姿を見ると、どんなことがあっても守ってやらなければという思いが、ふつふつと沸き上がるのだった。

ちょうどそのころ、赤ちゃんを抱えた父親から相談を受けた。

「妻は産後の肥立ちが悪くて亡くなりました。身内は遠方に住んでいるし私は仕事があるのでこの子を育てられません。どうしたらいいでしょうか」

「………」

娘の姿と重なり、赤ちゃんが不憫でならない。若い父親もあまりにも気の毒で、なんと言葉をかければいいのかわからない。もしこれが自分だったらと思うと、ぐっとこみあげてくるものがあり、とても客観的にアドバイスなどできなかった。私は同僚に頼んで面接を代わってもらった。結局、その赤ん坊は乳児院に預けられた。

児童相談所で心理判定員をやっていると、さまざまなケースに出くわす。思いがけない人間の裏側を見てしまったり、人生の厳しさを思い知らされて涙することもある。私たちは一人ひとりの心に丁寧に寄り添うが、感情移入しすぎてはいけない。冷静な判断ができなくなるからだ。このあたりの距離のとり方はとても難しく、経験を積みながら少しずつ会得《えとく》していくのである。

一九七四年春、私は心理学や人間の発達理論などをより深く研究するために、島根大学に内地留学した。心理判定員となって十一年、年齢的にもキャリア的にも、もう一度勉強し直すにはちょうどよい時期だったのだ。

しかし、私は一つ大きな不安を抱えていた。そのころ、視力が急速に衰えてきたのである。もともと弱視のため、矯正しても0・3程度だったが、すりガラスを通して見ているようで、すべてが茫漠《ぼうばく》としていた。天気のよい日はまぶしくて目を開けられないし、何やらキラキラ光るものも見える。どうも尋常ではないと感じていたのである。

留学中は比較的時間の融通がきく。私は中国地方の大きな眼科病院を受診して回った。不安で突き止めずにはいられなかったのだ。

五カ所ぐらい回ったが、どの病院でも白内障との診断がくだり、進行を止める薬とビタミンAが大量に処方された。それだけではないはずだと私は確信していたが、はっきりした病名は告げられなかった。

医者が教えてくれないのなら自分で調べるまでだ。自分の症状に合致するものはないかと、さまざまな書物をひっくり返して調べていくうちに、ある病気にたどり着いたのである。将来、場合によっては失明するかもしれないと書かれていた。でも、根が楽天的なのか、まだ遠い先の話のような気がしてピンとはこなかった。

そのころ、妻は児童相談所から転勤して、松江にある県の福祉事務所に勤めていた。松江に家を建てて私の両親との同居がスタートしたばかりだったし、仕事も忙しい。七歳になる娘の育児もある。よけいな心配はかけたくないので、眼の不安は私の胸にしっかりしまいこんだのである。

翌年、一年間の内地留学を終えて職場に戻ると、私は益田《ますだ》に転勤になってしまった。3DKの公務員官舎住まいだ。しかたなく両親を松江に残して、妻と娘だけが転居した。妻は体調を崩していたこともあり、これを機に退職して専業主婦になったのである。

益田は島根県西部に位置し、海と山に囲まれた緑濃い町だ。当時は、駅前は飲み屋街として知られていた。千メートル前後の山々が連なる山林地帯から材木を切り出しており、景気はよかった。現場で働く男たちが、大挙して飲み歩いていたのだ。

私も転勤当初、あちこちの飲み屋をフラフラしたものだ。そのうち、路地裏にあるユニークな名前のカクテルバーに通うようになった。

カウンターだけのこぢんまりした店で、山小屋風の内装がレトロな雰囲気をかもしだしている。マスターは田舎町にはもったいないようなバーテンダーで、次々に繰り出されるカクテルの味と美しさに、私はすっかり魅了されたのである。おまけにママは陽気で気風《きっぷ》がよく、二人の会話を聞いていると掛け合い漫才のようだった。

驚かされたのは、マスターが近隣の子ども会の会長をしていたことだ。私たちはすぐに意気投合して、子どもを連れてキャンプに行ったり、オリエンテーションをいっしょにやったりした。このマスター夫妻とは、三十年以上の長きにわたるおつきあいになったのである。

益田の名物は、もちろん飲み屋だけではない。日本海に面しているから、なんといっても魚が旨い。メロンやユズの産地としても有名だ。清流日本一を誇る一級河川の高津川では、初夏になると鮎釣りが楽しめる。

気候も穏やかで、柿本人麿を祀った神社や雪舟庭園など史跡も多い。なにより人間がのんびりしているところがよかった。私も妻も益田がすっかり気に入ったのである。

仕事のうえでも大きな収穫があった。出雲や松江の児童相談所は大所帯だったので、それぞれの役割分担が比較的はっきりしていた。ところが、益田の児童相談所は全国一小さいといわれるほど職員が少なく、八人ぐらいしかいなかった。

そのため、一人でなんでもこなさなくてはならない。私は心理判定のみならず、ケースワーカーの仕事にも積極的に取り組んだ。子どもと保護者、双方の面接を行い、学校や家庭に出向き、福祉施設とも連携して援助方針を決定する。

それまでは、子どもの心理状態や問題の所在についての見立てを行うまでが、私の主な仕事だった。その後は基本的にはケースワーカーに引き継ぐ。ケースワーカーが保護者や学校と話し合って、支援の方向を決めていくのである。

だから、自分の見立てが合っていたのかどうか、結果が見えにくかった。見立てとは、心理テストや面接によって、子どもの心理状態やそこに至るまでのプロセスなどを診断し、今後の見通しを立てることだ。

益田では一人で何から何までやるので、子どもをトータルにみられたし、子どもと親の双方から言い分を聞けた。これによって、それぞれの気持ちをより深く理解できるようになり、問題の根っこがどこにあるのか、ほぼ正しくつかめるようになったのである。

さらに、自分の見立ての評価もできた。見立てが間違っていたときには、どこで、なぜ間違えたのか、検証もできたのだ。つまり、テストを受けるだけではなく、採点をして×だったところを解き直すことができたのだ。

三十六歳で益田に来てから、私は心理判定員として大きく成長したといえる。この時代に、今の私の基礎ができたのである。

このように、仕事は充実していたのだが、眼は絶不調であった。悪化の一途をたどり、新聞の大きな見出しがやっと読める程度になってしまった。勘で字は書けても、自分の書いた文章を読めないのである。拡大鏡が手放せず、どんどん倍率の大きなものに替えていかねばならなかった。

職場ではさまざまな配慮をしてくれた。手元が明るくなるように私専用のライトを用意してくれたし、若い職員が資料を読んでくれたり、報告書を代筆してくれたりした。

職場のこまやかな心配りのおかげで、ようやく仕事を続けられている状態だった。当時の仲間には感謝の言葉もない。

ちょうどそのころ、妻の姉が広島の眼科病院を紹介してくれた。そこで初めて、はっきりした病名を告げられたのである。

「網膜色素変性症とそれに併発した白内障です」

やはり——。取り越し苦労であってくれればと願っていたが、予想どおりの結果だった。

私はかねてよりこの病気を疑い、さまざまな情報を集めていた。網膜色素変性症は、網膜の機能が徐々に失われていく進行性の病気で、有効な治療法はまだ確立されていない。ときには失明することもあり、現在は特定疾患（難病）に指定されている。白内障を合併しやすく、水晶体の濁りは手術で取り除けるが、視力が改善するかどうかは網膜の傷《いた》み具合によるという。

私は天職とも思えるほど心理判定員の仕事にのめりこんでいた。だが、目が見えなくなったら転職せざるを得ない。来るべき日に備えて、ひそかに鍼灸《しんきゅう》やあんま、盲学校などのパンフレットを集め始めた。

職場の仲間には迷惑をかけて申し訳ないが、その日が来るまではわがままついでにいけるところまでいこう、と腹をくくったのである。

家庭ではマメなお父さんに変身した。ピカソ展があると聞けば家族を連れて九州まででも足を運び、春休みや夏休みになると率先してさまざまな計画を立てた。家族に楽しい思い出を十分に残してやりたかったし、美しいものを目に焼き付けておきたかった。

「今度は万葉の地を探索しよう」

「古寺巡りに行こうで」

「お父さん、このごろどうしたん?」

急に腰が軽くなった私をいぶかりながらも、妻も娘も喜んでついてきた。

長年の夢をはたすべく、公民館の美術教室にも入会した。絵を描きたいという思いは、小学一年生のときから私の心の中でくすぶり続けていた。

そのころ、なぜか私の村に外国人の牧師さんが布教にきたのである。その牧師さんは絵が好きらしく、パステルで田舎の野山をスケッチしていた。

初めて見たパステル画のやわらかな色彩に私は目を奪われた。この世にこんなに美しいものがあるのかと激しく心を揺さぶられ、いつか自分も描きたいと念じていたのである。

残念ながら公民館には油絵教室しかなかったけれど、私は数十年ぶりに絵筆を握った。無心に筆を動かしていると、すべての煩悩が洗い流されるような気がする。私は週に一度の美術教室を楽しみに待つようになった。思い切って、以前から欲しいと思っていた美術全集も買い込んだ。

家族旅行に出かけるときは、スケッチブックとパステルをかばんにしのばせ、朝もやにかすむ山々や夕暮れの農村風景などをスケッチした。夢にまで見たパステル画が現実のものとなったのである。

「仕事人間だと思っていたのに、お父さんにこんな趣味があったなんて」

こう妻が驚くぐらい私は熱心に絵を描き、教室に通った。

けれど、長くは続かなかった。視力の低下が著しく、しだいに欠席が目立つようになっていったのである。

絶望的な宣告

助手や医局員などがわさわさと出入りして、落ち着かない雰囲気だ。大学病院だからしかたないなと思いながら、私は主治医の言葉を待った。

十日前にこの大学病院を受診し、その日、検査の結果を知らされることになっていた。

「奥様もいっしょにおいでください」

と電話で告げられ、家族そろって出かけてきたのである。妻もいっしょにというのだから、相当深刻な話だろうと私は覚悟していた。

はたして、主治医は言いにくそうに切り出した。

「お気の毒ですが、白内障の手術をしても九九パーセントはダメでしょう。手術が成功しても、網膜色素変性症で進行性なので網膜が涸《か》れていくため、視力の回復はほとんど望めません。それに……」

ますます言いづらそうに、主治医はこう言葉を継いだのである。

「手術が失敗するおそれもかなりあります。安部さんはまだ若いので炎症を起こしやすいのですね」

予想以上に厳しい宣告だった。私は平静を保とうと努力しながら聞いた。

「白内障の手術が失敗したらどうなるのですか」

「原形がなくなります」

「………」

私たちは押し黙り、次の言葉を探した。

この沈黙を破ったのは娘だった。妻に向かってこう言ったのである。

「お父さん、手術を受けたほうがいいかも。原形がなくなるって、目がつぶれちゃうってことでしょ。そしたら、この人は目が見えないんだなってだれでもわかるから、かえっていいじゃない」

娘なりの思いやりだった。私は弱視のために、相手に挨拶されても気づかないことがしばしばあった。礼儀知らずな人だと思われないかと、小さな胸を痛めていたにちがいない。妻も娘の気持ちを汲み取ったのだろう。強いて明るく答えた。

「本当ね。お母さんがお父さんの手を引いて歩けんときには、あんた頼むね」

私は自分の病名をはっきり知ったときから心の準備をしてきた。けれど、妻と娘は何も知らないまま、いきなり絶望的な結果を聞かされてしまったのだ。

二人のショックを思うといたたまれない。少しでも場の雰囲気をやわらげようと、私はわざと軽い調子で聞いてみた。

「じゃあ、六十歳ぐらいになったら、失明するかもしれませんね」

「いや、六十までもたんでしょう。五十歳ぐらいかな」

私の意に反して、主治医はますます絶望的なことをきっぱり言うのであった。

「では、今すぐお返事をとは申しませんので、白内障の手術をするかどうかよく考えてみてください」

丁寧な言葉ではあったものの、事実上の〝処置なし〟宣告を胸に、私たちは帰途についたのである。

一九七九年夏、四十歳のときであった。白内障になるには、いかにも私は若すぎた。帰りの汽車の中で妻は呆然としていた。あまりにも思いがけない展開に何をどう考えればいいのかわからないようだった。いきなり大海に放り込まれたようなものだから、当然の反応にちがいない。

私はといえばどうしても実感がわかず、こんなのんきなことを言ってしまうのだ。

「明日見えなくなるわけじゃないし、まだまだ時間はあるだろうから、そのうちゆっくり考えるさ」

いちばんしっかり受け止めていたのは十二歳の娘だった。

「お父さんはもともと目が悪かったんだし、そんなにショックじゃないよ。私はだいじょうぶだからね」

小さいながらも親を気遣い、精一杯励まそうとしているのだ。娘の横顔にはある決意がみなぎっているように見えた。

この子はいつからこんなに強くなったのだろう——。

私は娘が幼いころから、できるだけコミュニケーションを密にとるように心がけてきた。娘が何か話しかけてきたら、手を止めて必ず耳を傾けた。娘のことはなんでもわかっているような気がしていたのだが、こんな一面もあったのだ。

私が子どものころは家に本がなく、読書経験がきわめて貧弱だった。日本の文学書を読み始めたのは、高校に入学して図書室で借りるようになってからだ。そのせいか、私は本を読むのが苦手で非常に時間がかかった。

せめて娘には本に親しんでほしいと思い、いつも手の届くところに置くようにしていた。絵本の読み聞かせをしたり、私が勝手に作ったお話を寝る前に聞かせてやることもよくあった。だからかどうかはわからないが、娘は感受性豊かな子に育った。

いっとき、学校を休みがちになった。私も妻もただ見守っていただけだが長期化することはなく、いつしか普通に登校するようになった。その理由について、のちに娘はこう語った。

「クラスでいじめがあって、その人に注意できない自分がイヤだった。見て見ぬフリをするのがすごくつらかった」

ずる休みをしても、妻が問いただしたりとがめたりしないで、「今日は調子が悪いので学校を休みます」と、ごく自然に学校に電話してくれたのがうれしかったという。

妻はどんなときも決して娘を追い立てたりしなかった。娘が進学校といわれる高校に入学したときも、おっとりした娘には合わないのではないかと心配して、「イヤだったらいつでもやめていいけんね」と先回りして言うのであった。本人は元気に通っているのに——。

私たちが思っている以上に娘は芯が強かったのだ。大きな節目が来るといつも的確な助言をしてくれた。いつのまにか、頼れる同志のような存在になっていたのである。

風変わりすぎる小倉式健康法

意気消沈した妻は、自分の姉に検査結果を報告した。それまでも広島の眼科病院を紹介してもらったりして、何かと義姉にはお世話になっていた。

数日後、『東洋医学の医師一覧表』という小冊子が送られてきた。

「おじちゃん、西洋医学がダメというのなら東洋医学でやってみたら?」

義姉の娘の心遣いだった。ある婦人雑誌の付録だという。姪の気持ちはありがたかったが、その薄い本が私を救ってくれるとはとうてい思えず放置していた。

そんなある日、娘がこう言ったのである。

「東洋医学っていいみたいよ。アッちゃんが言うように試してみたらどうかな」

娘はその本を熟読したらしい。

言われてみれば、西洋医学に見放された以上、何かほかの方法を試してみるしかないのである。私は重い腰をあげた。その小冊子に紹介されていた一人の眼科医に病歴を書き綴り、指導を乞うたのである。

その人こそ、独特の治療法で知られていた千葉県木更津《きさらづ》市の小倉重成医博であった。

やがて返信が来た。

「治すことはできないが、現状維持は可能です。遠方なので入院してください」

いきなり入院せよとはせっかちすぎる。海のものとも山のものともわからないのだから、とりあえず一度行ってみるしかない。私は妻と一緒に木更津に向かった。

広々とした畑の中に、その病院はぽつりと建っていた。「小倉眼科医院」「食養生研究所」「東洋医学研究所」と看板が三つも掲げられている。待合室には『一に養生二に薬』と書かれた色紙が飾ってあり、一般の病院とはまったく異なる雰囲気が漂っていた。

小倉医師は小柄で色が黒くやせていた。眼光鋭く、終始厳しい表情である。どことなくストイックな修行僧といった風情があった。

診察が終わると、先生はぶっきらぼうにこう言った。

「このままだと目はつぶれる。いつから入院するのか」

仕事の段取りもあるし突然そう言われても……。私が返事につまっていると、先生は二冊の本を取り出した。

「この本を読んでやってみなさい」

小倉医師の著書『一日一食健康法』と『自然治癒力を活かせ』であった。もう話は終わったといわんばかりの先生の態度に、何も言えずに私たちは診察室を出た。

「二週間分の薬を出します。飲んでみて、どうなさるかお電話でもご連絡ください」

看護師長はこう言いながら、どっさり漢方薬をくれた。

治療費がいくらかかるのか見当もつかないので、預金通帳持参でやってきた。そうでなければ青くなったにちがいない。

ところが、なんと、

「六百円です」

私たちは思わず顔を見合わせた。聞き間違いではなかった。漢方薬は高いという先入観があったのだが、保険が利くのである。当時は、三十種類ほど保険が適用になる漢方薬があった。私はそんな初歩的なことすら知らなかった。

東洋医学についての知識は皆無だったけれど、このとき、信じてみようという気になった。小倉眼科医院はあまりにも風変わりだったし、金儲け主義でもなかった。普通の方法では治らないのだから、変わった方法にチャレンジしなければ活路は見出せない。

妻も同じように感じたらしい。

「この病院は本物だね」

こう言って、安堵の笑みを浮かべた。

ここでやってみよう——。ようやく一筋の光が見えた気がした。

帰りの新幹線の中で、私たちは二冊の本をむさぼるように読んだ。小倉式健康法の基本は、一言でいうと食生活の改善と運動である。こう書くときわめてありきたりのように思えるが、その中身は普通ではなかった。

一日一食の玄米菜食、毎日十キロのジョギング——。

こんな健康法は見たことも聞いたこともなかった。でも、それだからこそやってみる価値がある。

「さあ、おもしろくなってきたぞ」

私の持ち前の好奇心がうずき始めた。

小倉式健康法では、肉や魚、卵などの動物性の食品はいっさいとらない。蛋白源は大豆で、主な脂肪源はゴマだ。油は用いない。野菜をたっぷりとり、玄米をよく噛んで食べる。一日一食だが、量は多くはない。

私たちは、最低基礎代謝ぶんぐらいはカロリーをとらなくてはならない、と思い込んでいる。でも、基礎代謝は厚生労働省が決めたこと。そんなに食べなくても健康は守れるのである。むしろ、小食のほうがよいという。

バランスのとれた玄米菜食で、末端の細胞まで新鮮な酸素や栄養分を送り込む。それを完全に燃焼させるために、毎日十キロ走る。あるいは縄跳びを五千回する。こうすれば、本来人間が持っている自然治癒力が最大限に活かされるという。

小食だから内臓が疲れない。よく噛むからあごが発達する。睡眠時間は少なくてすむ。なるほど、いいことづくめだ。

益田に着くころには、私たちの決意は揺るぎないものになっていた。

翌日からさっそく食生活の改善に取り組んだ。実は、私は肉が大好物だった。誕生日にはステーキが定番だったし、目によいからとレバーもよく食べていた。これからは食べられないと思うと一抹《いちまつ》の寂しさはあったが、背に腹はかえられない。崖っぷちに立たされているのだから、好き嫌いなど言っていられない。

とはいえ、妻が走り回って調達してくれた玄米は、お世辞にもおいしいとは言えなかった。

「玄米の質が悪いんじゃろうか?」

「いや、炊き方が間違っているのかも」

二人で首をひねりながら、試行錯誤を重ねる日々だった。

食事の回数も、まずは二食に減らした。入院したら一食になるので、少しずつ慣らしていかなくてはならない。妻も私とともに二食にするという。どちらかといえば私よりも妻のほうが熱心で、すぐにでも一食にしようかというぐらいの勢いだった。

娘だけは三食であるが、夕食は家族そろって同じものを食べることにした。妻は娘にこう言い渡した。

「夕食はお父さんの食事に全面的に合わせてね。たとえ試験中でも一時間以上かけて嚙まなくちゃいけない食事にするからね」

「もちろん、私も玄米がいいよ。お母さん知ってる? 日本人は白米を食べるようになってから、江戸患《わずら》いといって脚気《かっけ》の人が多く出始めたんよ。私は社会科で習ったよ」

まったく、いつも娘のほうが一枚上手なのであった。

私はジョギングも始めた。若いころから子どもたちといっしょに走っていたので、ジョギングそのものは苦ではないが、さすがに毎日十キロのノルマはきつかった。

例の漢方薬は違和感なく飲みきった。続けて送られてきた薬は、裏打ちしてある古紙で包まれていた。しかも、小包に張ってある切手の分だけ、切手を送り返せばいいという。患者からよけいなお金はいっさいとらないという小倉イズムは徹底しており、頭が下がる思いであった。

鬼の目にも涙

受診して一ヵ月後、仕事に一応の目処《めど》をつけ、休暇をとって私たちは再び木更津に向かった。トレーニングウエアや運動靴、縄跳び用の縄なども携《たずさ》え、私はやる気満々だった。

この一ヵ月間、食事を二回に減らし、好きな肉も絶って玄米菜食でがんばった。毎朝ジョギングもした。無愛想な先生も少しはほめてくれるかもしれない、と内心期待していた。

ところが、診察が終わるなり、私たちは怒鳴りつけられたのだ。

「何だ。また悪くなってるじゃないか！　このままいけば眼がつぶれるぞ。いいのか！」

「いや、でも、食事も二食に減らしましたし……」

しどろもどろで私が言い訳をし始めると、先生はますます激昂した。

「二食？　バカモン！　一日一食だ。守ってないじゃないか！　帰れ！」

「いや、あの……、その……」

なんとか先生の怒りをしずめたいと思うものの、どうすればいいのかわからない。ここで先生に見放されてしまったら、もう頼るところはどこにもない。せっかくこの一ヵ月間必死に努力してきたのに、すべて水泡に帰すのか――。

そのとき、看護師長が助け舟を出してくれた。

「できないからここに来て、食を正すために入院されるのです」

さらに、私の横で打ちひしがれている妻に厳しい口調で言い渡した。

「奥さん、ご主人のことをかわいそうがってはいけません」

妻は厨房《ちゅうぼう》で玄米のおいしい炊き方を習うと、肩を落として帰っていった。

看護師長がとりなしてくれたおかげで、私は当初の予定どおり入院できたのである。

小倉医院のベッド数は二十床ほどで、すべて二人部屋だった。眼科医院ではあるが、肝硬変やベーチェット病、リウマチなどの患者さんもおり、他の病院でさじを投げられた重症の人が多かった。私のように失明寸前の人もいた。

私と相部屋になった人は肝硬変を患っていた。大酒飲みで、ブロイラー工場に勤めているという。

「いやあ、絶対にブロイラーだけは食べるもんじゃないですね」

「なんで?」

「あれほど薬漬けのものはない。ホルモンで一気に太らせるんだ。わしは食べる気になれん」

「へえーっ、そうなんですか。初めて知りました」

こんな具合に、患者同士で情報交換したり励まし合ったりしながら、禁欲的な入院生活に耐えるのである。

食事はラウンジでみんなそろって食べる。主なメニューは、軽くよそった玄米ご飯に豆腐料理、野菜の煮物やおひたし、海藻の酢のもの、味噌汁など。このような食事で体を浄化して、体質を改善していくのである。

私は早くよくなりたい一心で、少ないご飯をさらに半分に減らしていた。それでもいちばん食べるのが遅かった。学生時代のコッペパン同様、長く時間をかけて食べれば食べるほど、空腹の時間が少なくてすむ。できるかぎりゆっくりゆっくり噛みしめて食べた。

しかしながら、どんなに一食を大切に食べてもおなかはすく。治療中なのだと自分に言い聞かせ、食べ物のことは考えないように心がけた。

なかには、空腹に耐えかねてこっそり間食をとってしまう人もいた。

「何食べたんだ！　眼底を見るとすぐにわかる。言うとおりにできないのなら帰れ！」

先生の怒鳴り声が廊下まで響き渡ることもしばしば。診察中にいつ怒り出すかわからないので、患者はみんなビクビクしていた。

小倉先生はいっさいの妥協を許さなかった。自分の言うとおりにすれば必ず治る、という強固な信念をもっていた。ごまかしたりいいかげんなことをすると、すぐに爆発する。そのストレスで病気になるのではないかと心配になるぐらいだった。

しかも、私たちはすきっ腹で毎日十キロ走らねばならない。さすがの私もヘトヘトになり、三キロとか五キロしか走っていないのに、十キロ走ったとウソの報告をしたりした。ばれはしないかとヒヤヒヤしたものだ。

このように、大の男もおそれおののく厳格な小倉先生だったが、意外な一面を見せることもあった。

「今日は禅寺で座禅の会があります。希望者はいっしょに行こう」

先生の声かけに応えて、数人の患者がお供をした。禅寺での先生は笑みはないものの、初めて見る穏やかな表情だった。

「どうぞ」

座禅が終わると和菓子が供された。間食は厳禁なので、私たち患者はだれも手を出さない。すると、先生がささやいた。

「いいよ」

私は耳を疑った。あの厳しい先生がルール破りを許すなんて——。他の患者さんも驚いて顔を見合わせている。おそるおそるお菓子に手を伸ばした人もいるが、私は食べなかった。

のちにこんな情報が入ってきた。

「先生は顔が広いからおつきあいで食が乱れることがあるので、週に一度は絶食されるそうだ」

なんとなく納得できるようなできないような、狐につままれたような気持ちだった。

こうして一週間がたち入院生活にも慣れてきたころ、先生がたずねた。

「いつ退院するんだ?」

「ヘッ?」

患者が退院する日を決めるなんて、小倉イズムは奥が深くていつも戸惑うばかりだ。

私は「さあこれから」と意気込んでいるのに、先生は「その気なら今すぐにでも退院してよし」と考えているようだった。

「あと一週間置いてください。お願いします」

こんな中途半端な状態で追い出されてはたまらない。私は思わず頭を下げていた。体質改善は一朝一夕になるものではない。小倉医院に入院するのは、一日一食のリズムを覚え、運動の習慣を身につけるためである。退院後もこの生活を続けていくことが大切で、三ヵ月、半年とやり続けていくうちに体質が変わって病気が治る。だから、自分でやっていけると自信がついたらいつでも退院してよいのだ。

しかし、当時の私はこういう小倉イズムの真髄をまだよく理解しておらず、ひたすら狼狽《ろうばい》するのみであった。

残された時間は短い。小倉式健康法を、できるだけ早く自分のものにしなければならない。私はそうでなくても減らしていたご飯をさらに減らし、真面目に十キロ走るように心がけた。雨の日は先生にすすめられた釈尊呼吸法を行った。

これは腹式呼吸のひとつで、吐く息に意識を集中して、できるだけゆっくり長く吐くというものだ。この呼吸法をマスターすれば心理療法に応用できると直感し、私は熱心に取り組んだ。実際非常に役に立ち、今でも仕事に活用している。

食事は一日一食、ご飯は茶碗三分の一ほど。そのうえ毎日十キロ走る。こんな生活をしていると、あたりまえのことだが体重はどんどん落ちた。入院前は五十八キロだったのが、たった二週間で四十八キロになったのだ。

肝臓の機能も低下したらしく、足がパンパンにむくみ、体がだるくてたまらない。本当にこれでいいのかと不安がよぎる。だが、医学博士がそばについていてくれるという安心感は大きく、私はやり抜いたのである。

「明日は退院の予定だったな。よし、おれといっしょに走ろう」

珍しく先生がこう声をかけてくれた。

私はむくんで重い足をひきずって、先生についていった。私は四十歳、先生は六十五歳である。思うように足が動かずよろよろしている私を尻目に、先生はリズミカルに走っていく。ふと振り向くと、

「おれは昼から診察がある。君のペースで走って帰りなさい」

と言うなり、ピッチを上げて走り去っていったのである。私は呆然と後ろ姿を見

送った。なんというバイタリティーだ。まいったというしかない。

退院当日、小倉先生は私の手をとり、涙を流さんばかりに喜んでくれた。

「よくついてきてくれたな。体が慣れてくるとむくみはとれる。心配ない」

そう言われても、やせ細った体にむくんだ足——。どう見ても病人のようだ。迎えに来た妻も、私を一目見るなり表情を曇らせた。口には出さないけれど、妻の気持ちは手に取るようにわかった。小倉式健康法にチャレンジしたのは正解だったのだろうか——。

その答えが出るまでには少なくとも三ヵ月はかかる。

一九七九年秋、二週間の入院を終え、不安と期待を抱いて私たちは帰途についた。

てんやわんやで年は暮れ

「こんなにやせて……」

「だいじょうぶか?」

職場の同僚は、一様に心配とも哀れみともつかない微妙な眼差《まなざ》しを私に向けた。それもむべなるかな。食養生のために入院するといって休暇をとったのに、瀕死の病人のようになって帰ってきたのだ。

「だいじょうぶだ。これからも一日一食の玄米菜食を続けていこうと思っている」

「エーッ！　一日一食なんて無茶じゃない？」

「三ヵ月も続けばいいほうじゃ」

「いや、十日も続くかどうか……」

みんな、私が何かにとりつかれたのではないかと疑っているようだった。

私とて確信があるわけではない。でも、ここでやめたら元の木阿弥《もくあみ》、せっかく仕事を休んでまで入院したのが無駄になってしまう。

小倉先生によると、最初の三ヵ月間は毒素が出たりむくんだりしてかえって悪化したように思える。だが、それを過ぎると快方に向かうという。

最低でも三ヵ月は続けて、体調の変化を見なければならない。私の目標は体質改善によって、網膜色素変性症の進行を食い止めること、白内障の手術を成功させることであった。

妻も、私の激やせについて疑問を投げかけられたり、忠告されたりしたようだが、私と同じくやると決めたら猪突猛進。足並みをそろえて、小倉式健康法に取り組んだのである。

小倉理論では、食養生と運動は車の両輪のようなもの。セットでやらないと効果が上がらない。体によいものを少し食べ、運動をして代謝をあげ、老廃物をどんどん出すことが大切なのだ。

わが家では、家族全員が遅くとも四時には起床。私は毎朝近所の土手を十キロ前後走る。しかし、見えているほうの右眼でさえ、矯正視力が０・０４程度しかない。ほとんど勘で走っているようなものだ。ときには工事現場に迷い込み、血の出る足を引きずって帰ることもあった。

その春中学に入学した娘も、友人たちといっしょに毎朝走るようになった。一ヵ月だと何キロになるか、一年間では？　そして卒業までには日本縦断できるか、などと楽しみながら走っていた。

さらに、体が弱くて運動おんちの妻までも走り始めたのである。これには驚かされたが、運動神経はなくとも根性があれば走れる。マラソンは妻には合っていたのかもしれない。

食事のほうも順調だった。妻は小倉医院の厨房に入り、玄米の炊き方のコツや野菜の調理法を教わっていた。夕食は家族そろって食卓につく。妻も娘も私と同じメニューだ。

肉や魚が食卓にのぼることはいっさいない。野菜のおひたしや煮しめのようなものばかりだから華やかさには欠けるが、味わい深くて飽きなかった。

私は延々二時間ぐらいもかけて、じっくり噛み締めながら食べた。これを食べきったら翌日のその時間まで食べられないのだ。そう思うと、もったいなくてなかなか飲み込めない。何度も何度も噛んでいると、滋味豊かな玄米のうまみが増すように感じられた。

人間の体は実によくできている。体によいものはおいしいのである。こういう食事を続けていると外食ができなくなる。添加物や化学調味料が入っていると、舌が受けつけなくなるのだ。しだいに、あれほど好きだった肉も食べたいとは思わなくなった。

小倉先生の予告どおり、ほどなくむくみやだるさはとれ、体調は元に戻った。体重は四十八キロをキープしている。これに自信を得て、私は小倉流を貫いたのである。三ヵ月も続くまいと揶揄《やゆ》していた同僚たちも、もう何も言わなくなった。

こうして二年が過ぎようとしたころ、小倉先生から待望の許可がおりた。

「これほど体質が改善されて症状が安定していれば、もうだいじょうぶ。白内障の手術は成功する。どこでもいいから、設備のあるところで手術を受けなさい。ただし、手術直後は炎症を起こしやすいから二日間は病院食を絶食すること」

完全主義者で、だれよりも厳格な小倉先生が太鼓判を押してくれたのだ。これほど心強いことがあろうか。

小倉医院からの帰途、私たちは二年前に失明宣告を受けた大学病院に立ち寄った。

「悪化の兆しは見えません。特に変わりはないですね」

検査後、医師は淡々とそう告げた。

「手術を受けたいのです」

「うーん、そうですね。まあ、そうおっしゃるのならやってみてもいいですが」

拒みはしないけれども、積極的にやりたくもない。そんな自信なさげな医師の態度に不安を感じながらも、とりあえず申し込み手続きをした。

けれど、医師の表情や言葉を思い返すたびに不信感がこみあげ、落ち着かない気持ちになった。あんな医師にはまかせられない――。私はあらためて病院を探し始めたのである。

ちょうどそのとき、同僚が貴重な情報をもたらしてくれた。

「ＮＨＫのドキュメンタリー番組で見たんだけど、作家の曽野綾子さんが最先端の方法で白内障の手術をして大成功したらしい……」

それは水晶体超音波乳化吸引術というもので、濁った水晶体を超音波で砕いて吸い出すという。今でこそあたりまえの方法になっているが、当時は画期的だった。

現在では、濁りを取り除いたのち、水晶体の代わりに人工の眼内レンズを入れるのが一般的で、保険も利く。しかし、当時はまだ人工眼内レンズは普及していなかったため保険の対象外となっており、大半の人は眼鏡で視力を出していた。

私はすぐさま曽野綾子さんの手術を担当した名古屋の病院の先生に手紙を出した。名古屋は遠いので、もう少し近場で同じ手術法を取り入れているところはないか聞いてみたのだ。折り返し丁寧な返事が届き、博多のH眼科病院を紹介されたのである。

さっそく博多まで出向いたのだが、患者さんがあふれかえっていた。診察室の前には学会の論文が掲示されている。超音波乳化吸引術という日本では先駆的な取り組みで、大きな成果を上げていると書かれていた。噂を聞きつけて、遠方から足を運ぶ患者も少なくないようだ。

H眼科病院には常勤の医師が八人ほどおり、連日手術を行っているが間に合わないという。

「申し訳ないですが、数年は待っていただかないといけません。安部さんの場合は従来の手術法で問題ないと思われますので、何もここまで来なくても、もっと近くの病院で手術を受けられたらどうですか」

「いや、何年先でもいいですから、よろしくお願いします」

私は定期的にH眼科病院に通いながら、手術の順番が来るのを待つことにした。医師の対応や最先端の技術はもちろん、薬をまったく出さないところも気に入ったのである。

どの病院も、現代医学では打つ手がないと言いながらも大量の薬を投与する。なんのための薬なのか、私は治療費を払うたびにもやもやした。儲け主義の医療は、もううんざりだった。

小倉眼科医院だけが、これでやっていけるのかとこちらが心配になるほど清廉《せいれん》だったのである。

二年後、意外に早く手術の順番がまわってきた。ところが、運悪くその年の夏、豪雨で益田川が氾濫し、益田市は大洪水に見舞われたのである。

私たちが住んでいた官舎は四階建てで、十六世帯が入居していた。うちは二階だったので難を逃れたが、一階は水浸しになった。みんなで協力して必死に家財道具を運びあげたものの、水の勢いがすさまじくて間に合わなかった。

水がひいてから階下の部屋や被災した街を見に行ってみると、グランドピアノは隣の部屋まで流されており、ドラム缶が天井にぶらさがっていた。自然の力の前では人間はあまりにも無力だと、思い知らされたのである。

私はたまたまその年は官舎の班長にあたっていたので、後片付けの陣頭指揮を執らなければならなかった。瓦礫《がれき》やゴミを片付けたり、畳を起こして乾かしたり、ヘドロをかき出したり、配給の弁当を配ったり……。まさにてんてこ舞いだった。しばらく仕事は休まざるを得なかった。幸いにも児童相談所は無事だったのだが、県からやってきた応援隊に提供しなければならなかった。

さらに災難は続いて、そのドタバタの最中に母が乳ガンの手術をすることになったのだ。松江に住む母からの第一報はこうだった。

「乳にグリグリができてな。ガンにでもなったらたいへんだから、ちょっと入院して切ってもらうわ」

軽い調子だったし、こちらもてんやわんやだったので、深刻には受け止めなかった。ところが、組織をとって検査した結果、乳ガンとの診断がくだったのだ。

そのうえ、少し日を置いて医師からこんな電話がかかってきた。

「腋の下のグリグリも転移したガンだと思われます。ついては二回目の手術を行いたいので、ご家族の方に立ち会っていただきたい」

私は妻に官舎の人たちの世話を頼み、取るものも取りあえず娘とともに松江の病院に向かった。

娘は祖母の全快を信じていた。

「絶対によくなるよ。おばあさんも四年前からずっと食事にも気をつけていたし、運動もしてたんだもの」

「そうだな。お父さんもそう思うよ」

母も私たちの影響を受けて玄米菜食に切り替え、七十歳にしてはよく動いていた。ガンに負けるはずがないのだ。

だが、主治医はガンの末期だと思っているらしく、母の食が進まないのを見て、

「好きなものを食べさせてあげてください」

と言ってくれた。なんとも好都合であった。

母は病院食には手をつけず、私たちが持ち込んだ豆腐や納豆、海藻などを食べ始めた。すると、徐々に食欲が戻ってきたのである。

私は勢いづいて親類にも協力を頼んだ。

「見舞いの品など何もいらないから、緑の濃い野菜のゴマあえを持ってきてやって」

母は主治医も驚くほどめきめきと回復した。術後一ヵ月で外泊許可をもらったときには、元気に自宅の掃除をして近所の人をもびっくりさせたのである。

検査の結果、腋の下のグリグリは慢性リンパ腺炎と判明した。つまり、乳ガンは転移しておらず、結局完治したのである。

大洪水に母の手術とたいへんな出来事が重なり、その年は自分の眼の手術は見送らざるを得なかった。

手術へと歯車は回った

翌年はH眼科病院に緊急手術が次々に入った。私は相変わらず拡大鏡を使ってもぼんやりとしか文字が見えず、新聞社やタウン誌から依頼された原稿も、書くには書いても推敲《すいこう》ができない。同僚の手を借りて、ようやく責務を果たすありさまだった。

それでも、何がなんでも早く手術をしたいという気持ちにはなれなかった。

「白内障の手術は百人やれば百人成功できますが、千人中千人とまではいえないのです」

患者にとってはこれ以上ないほど頼もしい医師の言葉だけれど、手術にまったく不安がないというとウソになる。

「どうぞ、急ぐ人を先にしてあげてください」

こうして順番を譲るたびに、いくらかほっとしている自分もいた。多少臆する気持ちがあり、私はその年も手術を見送った。

明けて一九八五年二月、私はようやく腹を固めた。いつまでも先送りにしているわけにはいかない。なんのために食養生を行い、これまで努力してきたのか。

「だいじょうぶ。どんと来い。東洋医学に西洋医学が加わったのだから鬼に金棒だ。絶対手術は成功する」

私は勇気を奮い立たせ、手術は春と決めた。H眼科病院から入院心得なるものも持ち帰った。

しかし、こうして自分を叱咤激励するまでもなく、運命の歯車は手術へと確実に回り始めていたのである。

ちょうど娘が受験した大学の合格通知書が届いた日であった。私は出張から帰り、いつものように家族そろって食卓を囲んだ。合格祝いの夕餉《ゆうげ》が始まろうとしたまさにそのとき、火事を知らせるサイレンが鳴り響いたのである。と同時に一本の電話が入った。児童相談所で保護していた子どもがいなくなったという。

私は直ちに職場に駆けつけた。極寒の夜だ。一刻も早く捜し出さねばならない。職員が手分けして行きそうなところをあたったが、どこにも姿はない。

「何かあったらたいへんだ。警察にも捜索願いを出して協力を頼もう」

ところが駅前で火事があり、警官は全員出払っていたのである。あのサイレンがそうだったのだ。

気を取り直して、子どもの名前を呼びながら、私たちは夜の街や海岸を駆けずりまわった。その最中に眼に異変が起きたのである。失明したほうの眼が何かグーッと押しつけられるような変な痛みがあった。

結局子どもを見つけられず、明け方近くに疲れた体を引きずって帰宅した。夜が明けたらまた捜索に出なければならない。少しでも仮眠をとろうと横になったのだが、今度は猛烈な痛みに襲われたのである。眼球が飛び出すのではないか、と思うほどの激烈な圧迫感と異様な痛みで一睡もできない。

七転八倒のうちに朝を迎えた。とにかく子どもを捜し出さねばと外に出たものの、あまりの激痛に涙が止まらない。自分の眼に何かおそろしいことが起きているのは確実だった。私はハンカチで眼を押さえ、あふれる涙を拭きながら歩き回った。もし子どもが目の前にいても、見分けられそうもない最悪の状態だった。

ようやく子どもの居場所がわかったときには、正午近くになっていた。

「見つかりました。親戚の家にいるそうです」

同僚からの一報に胸をなでおろし、私はすぐさま眼科に向かった。運悪く日曜日だったのでどこも閉まっている。あちこちの眼科の扉をたたいてまわり、頼み込んでようやく診てもらえたのである。

「とにかくひどく痛むので、なんとかしてください」

「眼圧が高くなっていますね。だから痛みが出ているのでしょう。点滴で眼圧を下げましょう」

医師はこう言って点滴をし、痛み止めの注射も打ってくれた。けれど、痛みはいっこうにひかない。私はよろよろとタクシーに乗り込んで帰宅した。

またもや激痛で一睡もできない夜を明かし、翌月曜日は午前中のみ仕事をして早退した。痛みに耐えるのが精一杯で、もはやしゃべることもできない。私は横になってあふれる涙と鼻水を拭き続けた。

翌朝、一番列車で妻とともに博多に向かった。眼が膨張して爆発しそうだった。一秒でも早く病院に着いて楽になりたい。それだけを念じて私は必死に痛みをこらえた。

H眼科病院の待合室ではすでにたくさんの患者さんが順番を待っていたが、私は急患としてすぐに院長に診てもらえた。

「急性緑内障です。放置すると、かすかに視力が残っている右目にも悪影響を及ぼします。炎症がひどいので、まずはそれを抑えましょう」

私は即刻入院となり、眼圧を下げるための点滴が始まった。うれしいことにH眼科病院の点滴はよく効いた。

「ああ、楽になった」

私は思わずつぶやいた。ここ数日間は、モルヒネでも打ってほしいぐらいの激痛だったのだ。

「よかったねえ」

妻も安堵のため息を漏らした。

翌二月二十日、左眼の手術が行われることになった。

私の左眼は、やけどで失明してから血液や栄養分が行き届かず、柿が腐って落ちるような過熟状態になっていた。もっと早い時期に緑内障を起こしていても不思議ではない、ギリギリのところまできていたのだ。この手術と併行して白内障つまり腐った部分を取り除くという。

麻酔が効き始めると、私はうつらうつらしながら子ども時代の思い出をしきりに妻に語ったらしい。私自身は何も覚えていないのだが……。

午後一時四十五分、私はストレッチャーに乗せられ手術室へと運ばれた。

ふと目覚めると、ベッドの横に妻がいた。

「きれいに取れたって。よかったねえ」

「うん、危ないところだった」

もう少し受診が遅れていたら、右眼も失明していたかもしれないのだ。

私は幼いころから変に我慢強いところがあった。怪我をしても両親に心配をかけるのがいやで、だまって痛みに耐えた。そんな私の性格が、このときばかりは災いしたのである。

「眼球を摘出せずにすんでよかったですね」

巡回に来た看護師がふと漏らしたこの言葉からも、危ういところであったのがうかがえる。間一髪で助かったのだ、という実感がじわりとこみあげた。

ありがたいことに、入院中は博多在住の妻の友人が、玄米菜食の食事をせっせと差し入れてくれた。この日のために広島の実家から玄米や大豆を取り寄せ、予行演習に励んでくれていたという。仕事も忙しいだろうに、実によくしてくれた。私たちはただただ頭を下げるだけだった。

術後三日目に、私の隣のベッドに網膜剝離の緊急手術を終えた患者さんが入った。年かっこうは私より一まわりほど上だろうか。

私は病院食には手をつけず、持ち込みの食事をとっている風変わりな患者だった。しかも一日一食。いったいなんと説明すればいいのかと案じたが、ご夫婦ともに闊達で、

「この際ですから食養生を学んで帰りましょう」

と言ってくれたのである。

私の術後の経過がきわめて順調で話し相手もできたため、妻は一時帰宅した。その間に珍事が起こったのである。

私はお隣さんに、術後は炎症が起こりやすいのであまり食べ過ぎないほうがいい、肉や魚など動物性のものは避けたほうがいい、などと小倉先生の受け売りではあるが、いろいろなアドバイスをした。

「なるほど。それはいいことを聞きました」

と喜んでいたのだが、見舞い客は申し合わせたように食べ物を差し入れるのである。

「しっかり栄養つけて早くよくなって」

そう言って、寿司やら餃子やら大判焼きやら、次々に持ってこられると食べないわけにもいかない。そのうえ、病院食も残したらもったいないと全部たいらげる。いったいどうなることかとハラハラしていたら、案の定、目のまわりが見事に腫れあがってしまったのである。やはり小倉理論は正しかったのだ。

お隣さんは一週間で退院の予定だったのに、原因不明の腫れによって見合わせることになった。

「ああ、安部さんの言うとおりにしておけばよかった」

嘆いても後の祭りだ。

益田から戻ってきた妻も、お隣さんの惨状に驚きを隠せず、「あら、まあ……」と言ったきり、次の言葉が出なかった。

妻は私を喜ばせようと、益田で奔走してくれたようだ。

「ほら、お父さん。官舎の子どもたちや職場の人たちが寄せ書きをしてくれたんよ」

見えない私のために、妻は色紙に書かれた励ましの言葉を一つずつ読み上げてくれた。

「おじさんがんばって」

「手術が成功しますように」

「早くよくなって」

一人ひとりの笑顔が浮かんで胸が熱くなった。まだ益田を出て十日ぐらいしかたっていないのに、ずいぶん長い時間が流れたような気がした。

「それでね」

妻はうれしそうに言葉を継いだ。

「あのサオリちゃんが、『私、安部先生の手術が成功しますようにって、千回唱えた』って言ってたんだって」

サオリは、かつては〝町一番のワル〟と悪名をとどろかせていた十七歳の少女だ。どの高校からも受験すら拒まれたほどの問題児だった。

その子が私のために祈ってくれている。

みんなの励ましが心に沁みて温かなものが広がっていく。妻に代筆してもらい、私は子どもたちに礼状を書いたのであった。

二度の奇跡

術後九日目、左眼の眼帯をはずすときがやってきた。私は特段何も期待していなかった。痛みは取れたし眼球も残った。これが最良の結果で、それ以上のことは何も起こりようがないと思い込んでいた。

「左眼は網膜の電気反応を調べても反応がなく、完全に枯れ死状態になっています」

こう言い渡されていたのだから、私だけではなく、主治医も妻もそう思っていたにちがいない。

ところが、眼帯がはずされた瞬間、驚くべきことが起こったのだ。

「エッ？　何かが動いている」

六歳のときにやけどして以来光も感じず、ただ暗闇が広がっていただけの左眼。私の勘違いなのか——。

私は右眼を手で覆って、病室の窓からきょろきょろと外をながめてみたり、室内を見回したり、赤ちゃんのように自分の手をかざして動かしてみたりした。

「やっぱり何か動いているのが見える！　自動車らしきものが動いてるのもわかる！」

非常に視野は狭いが、そこに何か入ると動いているのがわかるのだ。腐ったものがきれいに取り除かれたので、網膜にかすかに影が映るようになったらしい。ほぼ四十年ぶりに感じた光だった。私にしてみればこれは奇跡だった。

「よかったなあ……」

心の底から喜びがこみあげる。

「本当に助かったなあ……」

激痛に苦しんだ日々が思い起こされ、ほかに自分にかける言葉は見つからなかった。

左眼の手術から約二週間後に、右眼の白内障の手術が行われることになった。それに先立って、担当の院長先生から手術の手順についての説明があった。

「保険うんぬんではなく、安部さんの眼の状態だと人工眼内レンズは入れないほうがいいと思いますよ。眼鏡で調節したらどうでしょうか」

当時はまだ人工眼内レンズは一般的ではなかったが、H病院ではいち早く導入していたのである。

「そうですね。これまで眼鏡の安部だったのに、眼内レンズを入れてしまったら自分じゃなくなるような気がするので、私も眼鏡のほうがいいです」

私がこう言うと、先生は笑ってうなずいた。

三月五日、いよいよ右眼の手術の日を迎えた。

この日のために六年近くも努力を重ねてきたのだ。うまくいくように祈るような気持ちだった。

先生はいつものように穏やかに、しかしきっぱりと言った。

「本命の右眼の手術、慎重に行います」

この言葉がどれほど心強かったことか。必ず成功する、とこのとき確信したのである。

ただし、成功してもかつての矯正視力0・3が限界で、それ以上は望めないといわれていた。0・3では何ものもはっきりとはつかめないし、ちょっと小さな文字や遠くの看板の文字などは見えない。人の顔も相当に近づかないと判別できない。それでも、0・04の、しかもすりガラスの世界に比べれば、十分に見えているといえる。

少しでも0・3に近づければと祈りながら、私は手術室に向かった。

それから三日後――。

「では、今日は右眼の眼帯をはずしてみましょう」

この言葉を聞いたとたん、心臓がバクバクと早鐘《はやがね》のように打ち始めた。はたしてどのくらい視力は戻ったのだろう。合格発表を待つ受験生のように緊張しながら、私はイスに座った。

先生が静かに眼帯を取った。

その瞬間、私は思わず叫んでしまった。

「見えた！　先生、見えます！」

二度目の奇跡が起こったのだ。

診察室に差し込む何か形のある光が見える。それはごく淡い透明な紫色の光だった。

世界はこんなにも明るく美しかったのか――。

感動で胸がいっぱいになり、なんと表現したらよいのかわからない。目の前の先生の顔もくっきり見えた。

「安部さん、よかったですね。じゃあ、このまま眼帯をはずしておきましょうか」

「院長！　この患者さん、まだ三日目ですよ。眼帯取るのは早すぎます」

看護師があわてていさめた。

「ああ、そうか。まだ三日目だったね」

先生もうれしさのあまり興奮してしまったのだろう。

私も感動に酔いしれていた。オブラートに包んだようにすべてがぼやけていた世界。それがあたりまえだと思っていたけれど、本当の世界はこんなにも美しい光に満ちていたのだ。

机も、ファイルも、ボールペンも、なにもかもくっきり見える。先生も看護師も笑顔で私を見つめている。見えるということはこういうことだったのだ。十年ぶりに私の視力は回復したのである。

躍り上がって喜びたいのをぐっとこらえ、

「ありがとうございました」

ただ、深々と頭を下げた。

病室に戻ると、もう抑え切れなかった。

「おい！　見えたぞ！」

「ほんとうに？」

「うん。はっきり見えた。世の中がこんなにきれいだって初めて知ったよ。何にたとえたらいいのかな……」

私は妻に診察室での出来事を話した。いつも冷静沈着な院長先生が興奮したことや、看護師さんにいさめられたこと。

妻は晴れやかに笑いながら言った。

「よかったねえ。よかったねえ。本当に本当によかったねえ」

ちょっと涙ぐんでいるようだった。

うん、うんとうなずきながら、私はおりの中に入れられたクマのように病室をうろうろした。心が弾んでじっとしてなんかいられない。

少しならいいと言われたので、眼帯をはずして窓から外をながめた。

「きれいだなあ」

それまで見ていた世界とは色彩がまったく違う。木も空も雲も隣の建物も、すべてが明るく鮮やかだ。濁った水晶体が取り除かれた眼は、透明度が増して普通は見えない紫色の光まで感じとれる。

「今度官舎に帰ったら、子どもたちや奥さん方の名前と顔が一致するな」

「そうね、楽しみやね」

妻の声も明るく弾んでいる。

それまでは、声や全体の雰囲気で判別するしかなかった。でもこれからは、同僚たちの顔も児童相談所に相談に来る子どもたちの顔もはっきり見えるのだ。もちろん、妻と娘の表情もちょっとしたしぐさも、もう見逃すことはない。

思い切って手術をしてよかった。新たなスタート地点に立ったような、すがすがしい気分だった。

「世の中ってこんなにきれいだったんだ……」

何度この言葉をつぶやいたことだろう。その夜は喜びを噛みしめながらぐっすり眠った。

術後の経過も順調だったので、私は大部屋に移された。その部屋の患者さんのほとんどが高齢で、白内障の手術を受けていた。

「眼がはっきり見えるようになったら、また海外旅行に行くぞ」

「そうじゃ、そうじゃ、わしらはまだ若い。これから楽しまんと。なっ？　青年」

青年とは私のことだ。四十六歳の私は圧倒的に若く、ひよっこ扱いだった。意気軒昂なお年寄りたちに囲まれ、思いがけず私は楽しい入院生活を送っていた。

あとは退院を待つだけになった。このとき、肝を冷やすような騒動が勃発したのだ。

突然、妻がこう切り出した。

「なんかしんどくて、病院で診てもらったら貧血だって。ちょっと入院するけど、たいしたことないから心配せんでいいけんね」

「入院？」

大の医者嫌いの妻が入院するとは、相当具合が悪いにちがいない。たいしたことはないという言葉とは裏腹に、とてもつらそうで立っているのもやっとのように見えた。心配だが私も入院中の身なので、付き添うこともできない。

「気をつけてな」

私は同室の患者さんといっしょに妻を見送った。

不安な一週間が過ぎ、退院して再び姿を見せた妻は、別人のように顔色もよく元気になっていた。

「検査したけど、貧血だけでどこにも異常はなかったわ。安心して」

この妻の言葉にほっと胸をなでおろしたが、ちょっと腹立たしくもあった。いったい何が起こったのかわけがわからず、無事に戻ってくるまで心配でいてもたってもいられなかったのだ。実際には、医師に「よく倒れずにいたものだ」と言われたほど、かなりの貧血であったため輸血入院であった。

「こんなに元気になれるのに、なんでもっと早く入院しなかったん?」

私は自分のことを棚にあげて、つい妻に文句を言ってしまった。

私とともに熱心に食養生に取り組みジョギングも始め、かなりじょうぶになったとはいえ、もともと体は弱い。私の入院で心労が重なったうえ、益田と博多を往復する生活に疲れが出たにちがいない。照れくさくてねぎらいの言葉も十分にかけられないが、心の中で妻にわびた。

とにもかくにも妻は元気を取り戻し、私は視力を取り戻した。0・3が限度という当初の予想をはるかに超えて、矯正視力は0・5まで上がっていたのである。

一ヵ月に及ぶ入院生活に終止符を打ち、ようやく退院の日を迎えた。

「ありがとうございました。おかげさまでやりたい仕事が続けられます」

こんなに晴れ晴れとした気持ちになるのは久しぶりだった。

自分の好きな仕事を続けていける――。私にとってこれ以上の喜びはない。一時は本気で転職を考えるところまで追い詰められたのだ。こんな日が来るなんて夢のようだった。

九九パーセントは失明という、絶体絶命のピンチはなんとかしのいだ。九回裏の土壇場で、起死回生の同点ホームランを放った気分だ。

でも、まだ勝利を収めたわけではない。気を緩めず、これからも養生して網膜色素変性症にも打ち勝たねばならない。

病院から外に出ると、私の退院を祝福するように青空が広がっていた。木の葉も妻の笑顔もくっきり見える。私は思わずまたつぶやいた。

「ああ、世界はこんなにもきれいだったのか」

第六章　荒れる少女

ゆっくリズムで完走

益田に帰ると、だれもかれもが手術の成功を喜んでくれた。多くの人に支えられ、励まされた一ヵ月だった。人の情けがこれほど身に沁みたことはない。私たちは官舎を一軒一軒回って、寄せ書きをくれた子どもたちに感謝の気持ちを伝えた。

職場でも大歓迎を受けた。

「お帰りなさい」

「よかったですね」

彼らの笑顔がまぶしい。

私のために書類を読んでくれたり、報告書を書いてくれたり、原稿の推敲を手伝ってくれたり……。みんないやな顔ひとつしないでサポートしてくれたのだ。

長年の懸案がようやく片付き、もう、仲間の手を煩《わずら》わせることなく、思う存分仕事ができる。私は体中に気力がみなぎってくるのを感じた。

手始めに、術前に取り組んでいた場面緘黙児《ばめんかんもくじ》の症例を学会で発表しようと考えた。家庭では普通にしているのに、校門から一歩中に入ると、緊張してまったくしゃべれないし動けない。靴さえ脱げない。そんな男の子を、一年かけて若い職員とともに治療してきたのである。

児童相談所の特徴を生かした指導が効果を上げ、ほとんど治癒の段階まで来ていた。根気よく丁寧に指導していけば、必ず子どもは変わる——。それを広く訴えたかったのだ。私はさっそく資料作りに取りかかった。

妻は益田の病院で貧血の検査を受けた。益田に帰っても貧血の治療を続けるように、博多の病院の医師に厳しく言い渡されたという。

帰宅した妻は笑顔で報告した。

「まったく異常なしだったよ。なんにも治療の必要はないって」

「よかったなあ。じゃあ、あの入院騒ぎはなんだったのかな」

博多の病院では「こんなにひどい貧血でよく倒れませんでしたね」と驚かれたという。一晩中輸血をしてやっと回復したのである。胃や大腸など疑わしいところはすべて検査したそうだが異常は見つからず、貧血の原因はわからなかった。益田でも異常なしか――。ひとまず安堵したが、私の不安がすべて払拭《ふっしょく》されたわけではなかった。以前にも妻は洗面器いっぱいにもなるほど、大量の鼻血を出したことがあった。鼻からも口からもゴボゴボと真っ赤な血が噴き出て、みるみるたまっていく。どうしても止まらず、このまま死んでしまうのではないかと恐怖にかられた。しかも何度か繰り返し、そのつど受診するのだが、やはり原因はわからなかった。

小倉式健康法を実践するようになって、鼻血はぴたりと止まった。食養生とジョギングで妻も健康を取り戻したかのように見えたのだが……。私の胸に、またかすかな不安が宿るのであった。

そんな私の思いをよそに、妻は元気にジョギングを再開した。私につきあって始めたのだが、妻も娘もすぐに走る楽しさにとりつかれた。

娘は高校に入学するや迷わず陸上部に入り、三年間がんばりぬいた。妻も徐々に走る距離を延ばし、私の手術の前年には、家族そろってロードレースに出場するまでになったのだ。

そのレースでは妻は終始しんがりだったが、沿道の声援がよほどうれしかったらしい。「ありがとうございます。ありがとうございます」と頭を下げ下げ走り、見事に完走したのである。

レース後、いみじくも娘がこう言った。

「お母さん、本当にありがたいと思うのなら、その声を出すエネルギーを走るほうにまわしたらいいのに」

たしかにそうだと大笑いになった。

私たちは家族賞なるものまでもらった。といってもなんのことはない。家族そろって出場したのはわが家だけだったのだ。妻はことのほか喜び、来客があるたびに賞状を見せて自慢するのであった。

娘は大学に進学して広島で下宿生活を始めたので、これからは二人きりだ。と思っていたら、七十三歳になる母までもが走ると言い出したのだ。

「エーッ!」

「康子さんに誘われてな」

「だいじょうぶか」

「だいじょうぶ。康子さんでさえ走っとるけえ」

「そりゃ、そうだけど」

不意に母が聞いた。

「私はガンだったんか?」

「うん。そうだよ」

さりげなく私は答えた。

「じゃあ、やっぱり走らんとな」

無謀にも、母は私たちといっしょにマラソン大会に出場したのである。母は女性の最高齢参加者だった。

翌朝、新聞にこんな見出しが躍った。

——七十三歳のおばあちゃんがんばる。ゆっくりリズムで見事完走——

母、妻、私、応援に駆けつけた父と、四人の写真入りだ。ちょっと気恥ずかしくもあるけれど、病弱だった妻やガンを患った母がここまで元気になった、ということがなによりうれしかった。

妻のがんばりはそれだけではない。なんと四十七歳にしてかなづちを克服（？）したのだ。あの町一番のワルといわれたサオリが、妻をプールや海に連れ出して、泳ぎ方を教えてくれたのである。

「お父さん、浮くことすらできなかったのに、私、泳げるようになったんよ。サオリちゃんのおかげよ」

妻はうれしそうに私に告げた。

「よかったなあ。どれくらい？」

「うーん、二、三メートルかな」

「……それは……すごいな……」

私たちが小倉式健康法を始めたときも、サオリは私たちを信じて励まし続けてくれた。

「先生もおばさんも風邪なんかひかんでよ。先生たちがやってる健康法が正しいって証明するには、元気でいるのがいちばんだからね」

私の視力が回復したと聞いたときは、うれしくて飛び上がったという。

「先生、よかったねえ。私の顔はっきり見えるようになったん？　美人じゃろ？」

こんなときのサオリは、どこにでもいるお茶目な十七歳の少女だった。しかし、彼女には壮絶な過去があり、波瀾万丈の人生を歩むことになるのである。

少女の悲しい過去

私がサオリに初めて出会ったのは手術の二年前、サオリが中学三年生の秋だった。彼女は家出をして補導され、児童相談所に保護されていたのだ。

一時保護所にいる子どもはそこから学校に通う子もいる。帰ってからは勉強したりゲームをしたりして過ごす。彼女は社会科の歴史の年表を作っていた。

「そんなんおもしろくないじゃろ？」

私がたずねると、こっくりうなずいた。

「時刻表の見方を知ってるか？」

「知らん」

サオリは無表情に答える。

「東京に家出するんだったら、時刻表の見方ぐらい知っといたほうがいいぞ。途中で駅弁も買えるだろうし、どうせなら楽しんで家出しろよ。時刻表の見方を勉強したらどうだ。よほど実益があるぞ」

彼女は大きく目を見開いた。担当の職員も驚いたようだ。

「エッ？　そんなことをさせてもいいんですか？」

「そりゃ、興味のあることをやればいいじゃないか」

サオリは「変なおじさん。ほかの大人とはぜんぜんちがう。ちょっと話してみようか」と思ったという。

彼女は中学一年生のときから有名なワルだった。万引き、カツアゲ、いじめ、薬物乱用、教師への暴言などなんでもアリで、下級生からもおそれられていた。

担任の若い男性教師はなんとか更生させようと、サオリを見放さず三年間持ち上がりで支えた。彼女もその教師には感謝しているというが、素行はいっこうにあらたまらなかった。

私は担当ではなかったものの、手負いの獣のようなサオリをどうしても放っておけず、折々にかかわることとなった。

「夕方学校から帰るときに、あちこちの家の換気扇からおいしそうなにおいが流れてくる。あれがたまらなくイヤだった」

「なんで？」

「私は帰っても食べるものがないから」

実母はサオリが一歳になる前に失踪、三歳のときに継母が来た。父親はとび職で現場を転々とするため留守がちで、この継母と二人きりでいることが多かったという。いちばんの問題はこの継母だった。

何か気に入らないことがあると幼いサオリをたたき、ご飯も与えない。しかたなく、サオリはジュースやお菓子でなんとか空腹をしのいだ。洗濯もしてくれないので、いつも汚いかっこうをせざるを得ず、着るものがないこともあったという。つまり、継母はろくにサオリの世話をせず、虐待していたのだ。彼女の唯一の逃げ場は図書館で、本を読んでいるときだけはつらいことを忘れられたという。

中学生になって初めての家庭訪問のとき、継母が担任に自分の悪口を言っているのを聞いて、ついに彼女は爆発した。耐えに耐えてきたものが奔流のようにあふれ出て、自分でもコントロールできなくなったのだ。

彼女は人が変わったように暴れ始めた。継母や教師に徹底的に反抗し、悪いことならなんでもやった。中学二年のときには、憎い継母を家からたたき出した。

あげくに家出をして無賃乗車でつかまり、担任に児童相談所に連れてこられたというわけだ。

「大人は信用できない」

彼女は暗い目で言った。

数日後の深夜、サオリは児童相談所を脱走し、保護されて連れ戻された。

私はじっくり言って聞かせた。

「心配したよ、女の子が深夜に徘徊だろ。交通事故にあったり、犯罪に巻き込まれたりしたらたいへんだ」

子どもは叱りつけると反発するが、身を案じていると伝えれば、意外に素直に耳を傾ける。私はサオリに問うてみた。

「これから先どんなふうに生きていくつもり？　問題はこれからだよ」

「わからん」

「わからんからこっちもいっしょに考えてあげたいんだ。学校とか地域の人から、今までの話を聞いた。みんな君が悪いことをしたと言っているけど、それでいいの？　そうじゃなくていいところもいっぱいあるだろ？　そこを伸ばしていかないと。どこが君のいいとこかな？」

「わからん」

「だから、私たちがいっしょに見ていくんだよ。君の未来をいっしょに考えていきたいんだ。君が今ここにいるのはそのためだ。罰を与えるために、ここに閉じ込めているんじゃないんだよ」

「わかった」

サオリはうなずいたが、頭ではわかっても、感情はなかなかついていかない。どうしても自分が拘束されていると感じてしまう。自由になりたい子どもの気持ちを汲んで、なんのためにここにいるのか折に触れて話し、きちんと理解させることが大切だ。

ちょうどそのころ、近隣の中学の駅伝大会があった。生徒たちは児童相談所の前を通過する。

「みんなで応援しよう」

一時保護所にいる子どもたちに声をかけると、みんな喜んで外に出た。口々に精一杯の声援を送る。

「ガンバレー！」

「行け、行け！」

ふと見ると、どういうわけか妻も応援に来ていて、子どもたちとなにやら親しげにしゃべっている。一団が通りすぎると、サオリは職員に聞いたという。

「あのおばさんだれ？」

「安部先生の奥さん」

「エーッ！」

これが妻とサオリの出会いだった。もっともサオリは有名人だったので、妻は噂を聞いて以前から知ってはいたのだ。

サオリは一ヵ月ほど一時保護所で過ごした。その間に私たちはさまざまなデータを集め、施設に入れるか家庭に帰すか検討するのである。

継母はサオリに追い出されたので父子家庭になっていたのだが、父親もおおいに問題があった。自身が不登校で中学もろくに出ていないし、大酒飲みだった。町内会費を納めなかったり回覧板を回さなかったりで、地域で孤立していた。継母のサオリへの虐待も薄々気づきながら、どうすればいいのかわからず放置していたのである。

「あの父親では子育てなんかできん。施設に入所させたほうがいい」

これが児童相談所の結論だった。

ところが、父親も本人も施設入所を拒んだのである。サオリは幼いころに父親に海や山に連れていってもらった思い出を、宝物のように大切にしていた。父子の情は失われてはいなかったのである。

「それではケースワーカーが定期的に家庭訪問をします。サオリちゃんも月に一度は児童相談所に顔を見せてください」

これを条件に私たちはサオリの帰宅を許した。

私が当時住んでいた公務員官舎はサオリの中学の校区にあった。妻は商店街や公園などで、授業をさぼってウロウロしているサオリにしばしば出くわした。

「サオリちゃん、どうしたん？」

「おばさんちに遊びに行ってもいい？」

妻は連れ帰って学校に電話を入れさせる。

「もしもし、佐々木？」

彼女は先生でも呼び捨てだ。

「サオリ、どうしたんじゃ。今どこにいるんじゃ？」

「安部さんちにいる」

「そうか。安部さんちならいいわ」

こんな調子で、彼女は授業を抜けてときどき遊びに来るようになった。そのうち、うちの娘が一年上の先輩だったということにも気づいた。

「やさしい先輩だと思っていたら、先生の子どもだったんじゃ」

小柄な娘と大柄でスケバンルックのサオリは対照的だが、遅刻仲間でときおり校門で顔を合わせていたらしい。

同じ地域で暮らしているのだから、それぞれに接点があるのは当然だ。ますます親近感をもったらしく、サオリは少しずつ私たちに心を開き始めた。

うちに来ると、テレビ台代わりの段ボールがかっこ悪いからときれいに包装紙を張ってくれたり、家事の手伝いをしてくれたり、官舎の幼児と遊んでくれたりした。「サオリちゃんが来たら頼むね」と妻が声かけしていることもあって、官舎の奥さんたちもサオリを特別視しないで受け入れてくれた。ときには「うちの子と遊んでくれて助かるわ」とか「サオリちゃんいい子ね」とほめてもくれた。そのため、官舎にいるときは、サオリは素直で穏やかだった。

しかし、一歩外に出ると弱みを見せまいとして肩をいからせる。

「うち、四重人格みたい」

そんな自分を、サオリ自身はこう評していた。

出来の悪い子ほどかわいい

卒業式が近づいたある日、サオリは妻に訴えた。

「お父ちゃんに卒業式に来てほしくないね。よそのお父さんみたいにスーツ着ないし恥ずかしい」

「じゃあ、スーツ着て普通にネクタイ締めたら行っていいの？」

「それならいいわ」

卒業式当日、妻はサオリの家に出向いて、父親のネクタイを締めてやった。父親は娘の願いを聞いて、人生初のスーツ姿に挑戦したのである。不器用で表現はつたないけれど、娘への愛情はあるのだ。卒業祝いのおはぎまでわざわざ自分で作って、お世話になったからと担任や妻に届けさせたぐらいである。

しかし、着慣れないスーツを身にまとって卒業式に出るのは、あまりにも気恥ずかしかったようだ。緊張を紛《まぎ》らわせようと、父親はつい酒を飲んでしまった。その心情はわからないでもないが、卒業式で酒の臭いをぷんぷんさせていたのでは、まわりの顰蹙《ひんしゅく》を買うのは当然だ。決死の覚悟でスーツまで着こんで出席したのに、校長への挨拶も拒まれ、一般の父母にもいっそう白い目で見られただけだった。

サオリは勉強嫌いだったが、みんなと同じように高校に進学したいという気持ちが少しはあったようだ。だが、成績が悪いうえに札付きのワルと知られていたので、どの高校も受け入れてはくれなかった。結局は就職することになったのである。

「面接に備えて制服をクリーニングしなくちゃいけんけど、クリーニング屋になんて言えばいいのかな？」

サオリは普通の家庭生活を送ってこなかったため、ごくあたりまえのことも知らなかった。担任に対しても、「おい」とか「佐々木」としか呼ばない。口の利き方もわからないのだ。いまさら父親にも先生にもどうしたらいいのか聞けず、妻に指南を乞うたのである。

「クリーニングお願いしますって言えばいいんよ」

妻は面接のときの挨拶のしかたに始まり、頭の下げ方、話し方、自己紹介のしかたなど、一つひとつ丁寧に教えていった。

それが功を奏したのか、美容師見習いとして無事就職が決まったのである。

「やったよ！　おばさん、ありがとう。これからがんばるけえね」

サオリは喜びいさんで報告に来た。父親も大喜びで、広島に出る娘のために有り金をはたいて持たせせた。

新たな旅立ちの日、担任と父親、私たち夫婦は駅まで見送りに行った。普通なら友達も来るだろうに、だれ一人姿を見せない。サオリの孤独な学校生活を象徴しているようで、胸がふさがる思いがした。

「じゃあ、がんばってね」

「しっかりやるんだよ」

せめて私たちだけでも門出を祝ってやろうと、いつまでも手を振り続けた。

一週間後、サオリから電話があった。

「先生、どうしよう。うち、クビになりそう」

「エーッ！　どうしたん」

サオリは対人関係が不得手だった。協調性がなく、すぐに知ったかぶりをしてでしゃばる。ずっと虚勢を張って生きてきたので、素直に人の話に耳を傾けたり指導にしたがったりできないのである。美容院でもその悪癖が出てしまったようだ。

「ちゃんと人の話を聞かないとダメだよ。まわりの人たちに合わせることが大切だよ」

私は懸命にさとしたのだが、時すでに遅し。解雇されたサオリは、寮を出たまま行方不明になったのである。

「サオリが帰ってこん。あちこち連絡したが、どこにもおらん」

父親は心配してオロオロするばかりだった。

私は直ちに広島に捜しに行った。繁華街を歩き回ったり、警察に捜索願いを出したり、駅の伝言板に連絡するように書いたりした。今のように携帯電話がない時代、こちらからは連絡の取りようがなかったのだ。

ここまできたら乗りかかった船だ。職務を離れてサオリとはとことんつきあうしかないと腹をくくったのである。

一ヵ月後、東京にいると連絡が入った。お金を使い果たし、生活に窮して電話をかけてきたのだ。十数万とはいえ、父親の全財産を持って家出したも同然だ。顔向けできないし、怒鳴りつけられるのが怖くて、父親には言えなかったようだ。

「お父さん、サオリの居場所がわかったから迎えに行ってやりんさい」

「わしは金がないから東京まで行けけん」

「お金なら貸すよ。あるとき払いでいいから行ってきんちゃい」

どんなにすすめても、父親はかたくなに拒んだ。慣れない都会に赴《おもむ》くのは不安だったようだ。私は仕事を休めなかったので、妻に頼んで連れ戻してもらった。

サオリは初めて社会に出て、世間の厳しさを思い知らされたのだろう。やけになったのか、不良仲間とつるんでタバコを吸ったり、騒いだりするようになった。同じぐらいの年頃の子を自宅に連れ込み、しばらく同棲もしていたようだ。

無免許でバイクを乗り回し、警官と追いかけっこになることもしばしばだった。追い詰められると私のうちに逃げ込むのである。

「サオリはいるけど何もしてないよ。悪い子じゃないけん」

妻がかばって警官を追い返す。

家出癖も相変わらずで、父親と大げんかしては家を飛び出し、助けを求めてきた。

「先生、今広島。お金なくなった。どうしよう?」

「警察に行きんさい」

「警察は大嫌い!」

「じゃあ、児童相談所に行くといい」

「けど、男の人が電話ボックスにいっぱい並んでいて怖い。もう真夜中だし」

こうして夜が明けるまで電話につきあわされたり、結局迎えに行くハメになったり、ずいぶん振り回されたものだ。

「もう一人娘ができたと思えばいいな」

「そう、そう。サオリちゃんもそのうち落ち着くよ」

私も妻もいたってのんびり構えていた。人間はそう簡単には変わらない。何度も同じ失敗を繰り返しているうちに、いつかサオリも気づくだろう。いつもどんなときも自分を受け入れてくれる大人がいることに――。

やがて、刹那《せつな》的にしか生きられなかったサオリに少しずつ変化の兆しが見え始めた。真面目に働こうという意欲が出てきたのだ。

「おばちゃん。お金ないからアルバイトすることにした。スーパーの仕入れだから朝五時に起きんといけん。寝坊したらいけんから起こして」

「わかった。毎朝モーニングコールしてやるけんね」

「おばちゃん、アルバイト代入ったらいっしょに旅行いこうね」

「うん、行こう、行こう」

「おばちゃん、初めての給料出たよ。ラジカセ買ったから見て！　私といっしょに来る？」

「うん、行く、行く」

サオリはうれしくて、ラジカセを自転車に乗せてがんがん鳴らしながら町中を走り回る。妻がそのあとを追いかけて走る。道行く人は何事と振り返って見ている。

「なんとたいへんな娘を持ってかわいそうにって、みんな思っただろうね」

妻はおもしろそうに笑った。よく「出来の悪い子ほどかわいい」と言うけれど、まさにそんな親の心境だった。

十九歳になったころ、サオリは生みの母を捜し始めた。十一歳ぐらいまでは継母を実母だと思い込んでいたという。

「あれが実のお母さんならひどすぎる。継母ならいいのにとずっと思ってたら、ホントにそうだった。よかったわ。本当のお母さんに会いたい」

もし実母に会えたら、泣きながら自分を抱きしめてくれたり、やさしく世話を焼いてくれるのではないかと、夢をふくらませていったようだ。

遠くから見ただけなのか、会って話したのかはわからないが、サオリは実母を見つけ出した。それから二度と会いたいとは言わなくなった。自分の思い描いていた母とはまったく違ったのだろう。私も彼女の気持ちを思いやって、深く問いただしたりはしなかった。

これで何かがふっきれたのだろうか。ある日、サオリはしみじみ言った。

「うちね、落ちるところまで落ちなかったのは、お父ちゃんがいたから。お父ちゃんを悲しませてはいけんと思った。そのお父ちゃんを支えてくれたのは、おばさんと先生なんよ。本当にありがとう」

　事実上のワル卒業宣言だった――。

　一人でもいいから温かく見守ってくれる人がいて、自分は本当に支えられていると実感できれば、人間はまっすぐ生きられる。

　私たちも彼女からずいぶん学ばせてもらった。互いに喜びと感謝をもって、今も交流は続いている。

第七章　温かな記憶

田園暮らしがスタート

一九八六年秋、突然不動産屋さんから一本の電話が入った。

「安部さんが気に入りそうな家があるんですが」

「エッ？　家ですか？」

子どもの出入りが多くいつもにぎやかなわが家の状況を見て、不動産屋としての嗅《きゅう》覚《かく》が働いたのだろう。寝耳に水の話だったが、せっかくだからと妻とともに現地に赴いた。その家は市街地から少し離れた、のどかな田園地帯にあった。昔ふうの田の字型の農家だ。不動産屋の見立てどおり、妻は一目見るなり飛びついたのである。

「わあ、子どもたちが喜びそうな家！　庭も広いし、ここがいいわ」

わが家は子どもたちの駆け込み寺のようになっていた。母親に叱られた子どもが逃げ込んできたり、幼児が階段を這うようにして上がってきて昼寝をしたり、「ただいま」と自分の家のように帰ってくる子もいた。

常時四、五人の子どもたちが遊びに来ており、園児が二、三歳の子に「靴はちゃんと並べなくちゃいけん」とお兄ちゃんぶって教えたりしていた。

夕方になってお母さんたちが迎えに来ても、居心地がいいらしく、いっこうに帰ろうとしない。遊ぶのはいいけれど、けじめはつけなければならない。妻は一計を案じた。

「みんな、ベルが鳴ったら片付けようね」

適当な時間が来たら、目覚まし時計のベルを鳴らす。すると効果てきめん。子どもたちはさっさと片付け始めるのだ。

こんなふうに妻はわが家でのルールを作り、子どもたちを上手に導いていった。週末には就学前の子どもが「将棋を教えて」と、私をめがけてやってくる。自分が覚えると、さらに小さい子に自慢げに教える。

どんどん子どもたちの輪は広がる一方で、３ＤＫのわが家は手狭になっていた。

「子どもたちがノビノビ遊べるような広い家に引越ししたいね」

かねてから妻はそう望んでいたのである。

私も益田が非常に気に入り、異動も断ってついつい長く居着いてしまった。人間が穏やかだし、日照時間日本一といわれるほど気候もよい。毎朝のジョギングを日課にしている私たちにはうってつけの土地だった。私もすぐに腹を決めた。

「よし、この家を買って益田に永住しよう」

かくして八七年四月、私たちは田園地帯に移り住み、新たな一歩を踏み出したのである。子どもたちは次々に遊びに来た。官舎の子どもたちも近所の子どもたちもみんないっしょになって遊んだ。

なかには知的障害をもつ子もいたが、来る者は拒まずで喜んで受け入れた。その子は多動もあり、気に入らないことがあると乱暴したり奇声をあげたりする。どこの家でもすぐにあがりこみ、勝手に冷蔵庫の中のものを持ち出した。

地域では疎外されていたが、妻はどんな子にも分け隔てなくやさしかった。わが家でほかの子どもたちと触れ合い、コミュニケーションのしかたを学ぶにつれ、彼もだんだん落ち着いてきた。

「子どもは宝。子どもは大切にしなくては」これが妻の口癖だった。

夏休みには庭でキャンプをした。幼児から小学生まで十数人集まった。近所の人がテントを貸してくれ、かまどを作って飯盒炊爨《はんごうすいさん》の用意も完了。メニューはもちろん、キャンプにつきもののカレーライスだ。

「これ何？」

四年生の子が聞く。

「お米だよ。ご飯を炊くからね」

「エッ？　これでご飯ができるの？」

「エッ？」

米を知らないなんて、私のほうがびっくりだ。薪《まき》で炊くことも、そもそもマッチで火をつけることさえ知らない。生活の場での親子のコミュニケーションが圧倒的に足りないのである。これは由々しき問題だと、子どもたちと遊びながらもつい心理判定員の視線で考えてしまう。カレーも、市販のルーを使わなくてはできないと思い込んでいる。

「あれ？　カレールーは？」

「こうやって、小麦粉をいためてカレー粉入れて一から作るんよ」

「へえー、これでカレーができるん？」

「わあ、ご飯が炊けたよ」

「熱いよ、やけどしないように気をつけて」

てんやわんやのうちに、無事カレーライスは完成した。

食養生をやっているので、肉は大豆の模造肉だ。ちょっと歯ごたえがありすぎるのだが、何も知らない子どもたちは気持ちいいぐらいパクパク食べた。

「おいしい」

「うん、この肉おいしい」

「家に帰ったらお母さんに同じのを作ってもらおう」

うーん、それはお母さんが困るだろうな、と内心ニヤリとするのであった。

食後は、様子を見に来た親もいっしょに花火を楽しみ、テントに入ると騒ぐまもなくみんなすやすや夢の中――。初めてのキャンプは大成功のうちに幕を閉じたのである。

子どもたちはすぐに新しいわが家に慣れて、自由に遊ぶようになった。感心にも自主的にさまざまなルールも作った。

娘が子どものころ読んでいた本や転勤族から譲り受けた本を、自分たちで貸し出しノートを作って管理するようになったのだ。『元気な子』と名づけた壁新聞も作り、子どもたちなりのニュースも流し始めた。

「今度安部さんちに○○という本が来ます。借りたい人は言ってください」

「安部さんちに子犬がやってきます。名前を募集します」

「安部さんちに幸運がやってきます。子犬の名前はラッキーに決まりました」

鶏を飼うというと鶏小屋を、子犬を飼うというと犬小屋を、近所の人が快く作ってくれる。子犬なのに、秋田犬でも入れそうなりっぱな犬小屋だ。ラッキーは子どもたちにかわいがられ、人懐っこくてまったく番犬の役目を果たさない。いつも尻尾をふりふり愛嬌を振りまくのであった。

正月を過ぎると恒例の七草摘みだ。妻が子どもたちをぞろぞろ引き連れて、春の七草を探しに行くのである。

「さあ、これは何かな?」

図鑑を開いてみんなで調べる。

「あっ、ナズナだ」

「こっちにセリがあるよ」

「ほんとだ」

子どもたちは歓声をあげながら摘んでいく。持ち帰って七草粥にしてみんなで食べると、これまたおいしいのである。

官舎住まいのときは郊外まで足を運ばなくてはならなかったが、ここに移り住んでからは身近なところで探せる。豊かな自然の恵みを受けられるのは、田園暮らしの醍醐味だ。

近くに畑を借りて野菜作りも始めた。周辺のプロの農家の人たちが親切に教えてくれる。

「ナスの苗があるから、持っていきんさい」

「肥料不足じゃけえ、追肥しときんさいよ」

「もう、間引きせんといけんよ」

おかげで、サツマイモやトマト、キュウリ、ナス、ゴーヤ、エンドウ、アスパラなど、びっくりするほどよくできた。

自分の食べる野菜を自分で作るという大きな楽しみもできて、田園暮らしは上々の滑り出しを見せたのである。

妻の旅立ち

「お父さん、いけんでしょ。何食べとるん？」

妻が険しい顔でにらんだ。

「ちょっとぐらい、いいじゃんか」

「いけんよ。一日一食でがんばらんと」

妻は懇願するような口調で言った。

手術が成功して数年たち、眼の調子はすこぶるよかった。少しぐらいならよかろうと、二食とったのである。妻は、そんな私の気の緩《ゆる》みを絶対に許さなかった。小倉先生ばりに厳しかったのである。

そのころのことを、妻はこう綴っている。

「優しい言葉の一つもかけず、一食しか食べさせない私は、夫にとっては鬼のような存在である時もあったにちがいない。……私だって、優しい妻でありたい。鬼なんかになってわざわざ夫から嫌われることはないのだ」（安部康子『元気っていいな』地湧社）

もちろん私は、鬼のような妻だなんて思ったことは一度もない。妻が私の眼を案じて一日一食を厳守させようとしているのはわかっていた。自分のためではなく、私のためだからなおさら必死になってくれたにちがいない。

私に説教するだけではなく、妻自身も一日二食の玄米菜食をきっちり守っていた。近隣で開催されるマラソン大会には夫婦そろって参加して、走る楽しさも満喫していた。

わが家は相変わらず千客万来で、鶏に犬のラッキー、猫のカツも加わり、ますますにぎやかになった。ときには夫婦げんかをしながらも、このまま穏やかな生活が続いていくものと私は信じていた。

ところが、引越しして四、五年過ぎたころからだろうか。妻がときおり体の不調を訴えるようになったのである。

「なんか体がだるいわ」

「内臓に何か問題があるのかもしれん。医者に診てもらえよ」

「絶対にイヤ」

妻は子どものころから入退院を繰り返しており、よほどつらい思いをしたにちがいない。徹底した医者嫌いで、どんなにすすめても頑として受診しなかった。

博多で入院したときも、通常の四分の一しか血液の濃度がなく、もう少し遅れていたら命を落としかねないところだったのだ。死ぬ一歩手前まで我慢する、頑固な一面があった。

「だいじょうぶ。走ったら元気になるから」

実際、走るとがぜん調子がよくなるから不思議だ。

妻の希望で、山口から萩までの往還道《おうかんどう》を走るマラソン大会に夫婦で参加したことがある。往還道とは、江戸時代に参勤交代をする殿様が通った道で、三十六キロの道程《みちのり》だ。

妻は、はじめは歩いているのか走っているのかわからないような重い足取りだった。

「ダメだ、ダメだ」

と言いながら最後尾をのろのろ進む。私も伴走する。

曲がりくねった山道をたどるうちに、森林浴をしているようなすがすがしい気分になり徐々にピッチが上がっていく。ゴールするときには、ウソのように元気になっていた。

「やっぱり走ると調子いいわ」

妻は満足げにほほえんだ。

そういう妻を見ると気のせいかと思ったりもする。というより、そう思いたかっただけかもしれない。

妻も私とともに食養生をしていたので、病気になるはずがないという思い込みもあった。何か変だと不安を感じ、走って元気になると、思いすごしだったかと胸をなでおろす。こうして一喜一憂しているうちに時は流れていった。

一九九二年春、私は松江に転勤になった。部署は総務課だ。児童相談所に就職して以来、私は心理判定員としてずっと子どもたちにかかわってきた。それが私の生きがいでもあった。ところが総務課は子どもとの接点がない。私は出世街道を走るより、子どもたちのそばにいたかった。

「総務課なんて絶対にできん」

いったんは突っぱねたのだが、粘り強く説得されてついに受諾したのだ。

「しかたないから二年ほどやるわ。もしそれ以上になるようなら児童相談所をやめるから」

「いいよ。お父さんの好きなようにすればいいわ」

妻はあっさりうなずいた。

私は退職に備えて臨床心理士の資格を取得した。

約束の二年が過ぎ、今度は所長として浜田に転勤となった。

私は浜田の一戸建ての官舎に移り、浜田で就職してアパート暮らしをしていた娘も、ラッキーもカツも呼び寄せた。また、一九九二年秋、庭の草取りを終えた父は、好きなダンゴ汁を食べて満足して昼寝に入ったが、そのまま他界してしまった。そのため、母が松江に一人になるので、母も共に住むことにした。妻も本拠を浜田に移し、益田と浜田を行ったり来たりするようになった。体調は依然としてすっきりせず、妻の健康状態は私の心に暗い影を落としていた。

夏がいき、秋も過ぎようとするころ、いつも四時起きだった妻がしだいに床を離れにくくなった。

「体がだるくて、なんか思うように動けん」

私は不安に耐えきれず強く受診をすすめたが、どうしても首を縦に振らない。走ればだいじょうぶと言い張るのである。

そんなある日、妻は娘とともにジョギングに出かけた。十分もたたないうちに、小柄な娘が妻を抱きかかえるようにして帰ってきたのである。

「お父さん、お母さんが！」

「どうしたん！」

つまずいたわけでもなく、なんにもないのにぱたんと前に倒れたという。手を着くことさえできなかったのだ。

ここに至ってようやく妻も観念し、益田の日赤病院に検査入院したのである。

一週間後、まず私に検査の結果が知らされた。

「卵巣ガンです」

やはりそうだったか。いつのころからか、私の頭の片隅にガンではないか？　という疑念がこびりついて離れなくなっていたのだ。

医師はこう言葉を継いだ。

「すでに末期で手術できる状態ではありません。奥さんには告知されますか？」

末期という言葉がずしりと心に沈んだ。私は迷わず言った。

「はい、お願いします」

いずれわかることだ。隠してもしかたがない。はっきり病名を知ったほうが治療に専念できるにちがいない。

末期といわれても、まだ打つ手はあると信じていた。私も失明の危機を乗り越えられたのだ。なんとしてでも妻も治す――。その思いだけが私の胸を占めていた。

あらためて私は妻といっしょに告知を受けた。医師はさすがに末期という言葉は口にしなかったが、淡々と妻にも同じ説明を繰り返した。

「卵巣ガンです。手術できる状態ではありません」

「……抗ガン剤はいりません」

妻も予期していたらしく静かに答えた。気丈《きじょう》に振る舞ってはいるが、ショックを受けていないわけがない。鉛の棒を飲み込んだような重苦しい気分で病室に戻ると、妻が訴えた。

「私は抗ガン剤は絶対にいやじゃけんね」

「わかった。食養生と漢方薬でやっていこうか」

「そうだね。お父さんにまかせるわ」

私は東洋医学も含めた治療法を検討していた。食養生と漢方薬を柱として、必要に応じて抗ガン剤を使う。その副作用は漢方薬で抑える。

このような治療法を実践しているガン専門医が東京にいると聞きつけ、さっそくコンタクトを取ったのである。妻の状態がよくなったら連れていこうと、ひそかに計画していた。

末期ガンでも命をつなぐ人は少なくない。私はあきらめてはいなかった。妻より一足早く子宮と卵巣の摘出手術を受けた知人も、退院後元気に暮らしていた。

「ほら、おまえも知ってる前田さん。子宮ガンで全部摘出したけど、今も元気じゃないか。おまえもよくなって、逆に彼女を励ましてあげればいい」

「そうだね」

心なしか妻の声には力がない。食も進まず、日に日に衰弱しているように見えるのがつらかった。

「お父さん、家に帰りたいわ」

「そうだな。少し体調がよくなったら帰ろうな」

妻は遠い目をしてうなずいた。

入院して三週間がたとうとするころ、妻はふとつぶやいた。

「トモちゃんに会いたい」

トモちゃんは、妻の中学時代からの無二の親友だ。連絡すると神戸から飛んできてくれた。その夜、妻は封筒を差し出した。

「お父さん、これ」

それは、遺書だった。

「……葬儀はしないでください。私は『元気っていいな』の本の中で生き続けます。お父さん、いろいろありがとうございました。三弥子を頼みます……」

妻は死期が近いと覚悟している。なんともいえない悲しみがこみあげ、

「年を越したら家に帰ろうな」

と言うのがやっとだった。

翌日、私は職場で仕事をしながら待ち受けていた。京都から特急便で漢方薬が届く予定になっており、着きしだい病院に急行するつもりだった。まだか、まだかと待っていたそのとき、電話が鳴った。

「お父さん、お母さんがたいへん！　すぐ来て」

娘の悲痛な声が耳を打った。私はすぐさまタクシーを飛ばして病院に駆けつけた。けれど、数分の差で臨終には間に合わなかった。たまたま見舞いに来ていた娘とトモちゃんが看取ってくれたのが救いだった。

妻はいつものように穏やかな顔をしていた。

まさかこんなに早く逝ってしまうなんて——。涙する二人のそばで、私は呆然と立ち尽くした。

一九九四年十二月十九日、五十七歳の誕生日を迎える前日、入院してからわずか三週間で妻は天国に旅立ったのである。

思い出さずにはいられない

妻が生きた証《あかし》として残した本、明るい笑みを浮かべている遺影、そろってマラソン大会に出場したときの家族写真……。妻をそこここに感じながら、二人と二匹で肩を寄せ合い、悲嘆の嵐が過ぎ去るのを息をひそめて待つしかなかった。

私はできるかぎり妻の話題を避けた。娘を悲しませないようにという気遣いだったけれど、つらすぎて言葉にできなかったのかもしれない。娘も同じ思いだったのだろう。妻の思い出を口にすることはなかった。私たちは黙々と自分の仕事をこなした。

明けて一九九五年、この年は日本を揺るがすような出来事が立て続けに起こった。一月十七日早朝、阪神・淡路大震災が発生。死者約六四〇〇人、負傷者四万人以上という未曾有《みぞう》の大災害になった。崩壊した高速道路、木造家屋を焼き尽くす炎、瓦礫の前で涙する人々……。あまりの惨状に日本中の人々が息を呑み、涙を流した。

その衝撃がさめやらぬ二月、妻の追悼会が催された。遺志にしたがって身内だけの葬儀にしたので、妻を惜しんでみなさんが企画してくださったのである。妻は人懐っこく、だれとでもすぐに友達になった。その交友関係の広さには私も驚かされたものだ。

寒中にもかかわらず、たくさんの方々が足を運んでくださった。わざわざ小田原から駆けつけてくださった方もいた。実にありがたく、感謝の気持ちでいっぱいだ。

友人が遺影を見つめながら言った。

「康子さんはいつでもなんにでも一生懸命だった。あんなに必死にやったら長くは生きられんよ。すべてのエネルギーを出し尽くしたんよ」

みなさん、うん、うんとうなずいている。

たしかに生きた時間は人より短かったかもしれないが、密度は何倍も濃かった。妻は全力で生き抜き燃焼し尽して逝ったのだ。悔いのない人生ではなかったか。弱い体でよくがんばったね、と声をかけてやりたい。

妻は母子家庭で育った。父親は戦後まもなく結核で亡くなったという。母親は急遽ろう学校の教師となり、女手ひとつで五人の子どもを育て上げたのである。

義母は自分の子も他人の子も同じように慈しみ、惜しみなく愛情を注いでいた。妻はその母の姿を見て育ったのだ。私自身も義母の生きる姿勢を尊敬していた。人として、いちばん大切なことを教えてもらったように思う。

妻は中学生のときに腹膜炎で死にかけた。肺結核も患っていた。体育はいつも見学だったという。

「この体ではできないだろうから、将来は兄弟の世話になりなさい」

医者はこう言ったそうだ。

「それがものすごくいやだった」

思い出すのも悔しいと言わんばかりに、妻は首を振った。

休学したために四年遅れのスタートになったけれど、彼女はケースワーカーとして身を粉《こ》にして働き多くの子どもたちを救った。退職後もさまざまな形で子どもたちにかかわり、安部のおばちゃんとみんなに慕われた。

妻が社会を広げ、私を引っ張ってくれた。妻のサポートがあったからこそ、私はここまで来ることができたのだ。

「康子、ありがとう。本当によくがんばったね……」

この追悼会の約一ヵ月後の三月二十日、日本中を震撼させた地下鉄サリン事件が起こった。化学兵器による史上初の無差別テロだった。駅の構内は大混乱に陥り、死者十数人、負傷者六〇〇〇人以上という甚大な被害が出たのである。

その二日後、警察はオウム真理教の全施設に対して強制捜査を実施した。

カナリアの鳥かごを掲げ、ものものしいかっこうをしたおおぜいの捜査員や機動隊員らがサティアンに突入する――。この衝撃的な映像は、今も私の脳裏に焼きついている。

オウム真理教のニュースは連日大きく報道され、全国民がテレビに釘付けになって事件の推移を見守った。

教団の拠点であった山梨県上九一色村《かみくいしき》（当時）にはサティアンが点在しており、信者の子どもたちが多数暮らしていた。この子たちを全国の児童相談所が手分けして保護したのである。島根県の児童相談所にも、信者や子どもが来るかもしれない。警察や県と連携して不測の事態に備えなければならなかった。日本中が騒然としており、児童相談所も緊迫した空気に包まれていた。

私はひたすら仕事に没頭した。前代未聞の凶悪事件の影響が児童相談所にも及び、気持ちが張り詰めていた。

オウム真理教事件は、幹部の一人が刺殺されたり、新宿駅のトイレに青酸ガス発生装置が仕掛けられたりなど、さまざまな広がりを見せた。しかし、五月十六日、ついに教祖の麻原彰晃が逮捕され、徐々に収束に向かったのである。

夏が来るころには児童相談所も落ち着きを取り戻し、通常の業務に戻った。

私も張り詰めていた緊張の糸をゆるめた。その瞬間を待っていたかのように寂しさがしのびよってきた。

風呂に入って一日の疲れを落としていると、不意に言いようもない喪失感がこみあげてくる。涙があふれて止まらない。

妻の笑顔や楽しげな表情、「よかったねえ、よかったねえ」と喜んでくれたあのときの声……。思い出さずにはいられなかった——。

なぜがキルケゴール著の『反復』が浮かんできた。「追憶でなく反復だ」と、繰り返し自分に言い、学生時代に読んだのをもう一度読み直してみたくなった。追憶に浸るのではなく、それを前向きに否定して弁証法的に生きていくのだと自らに言い聞かせた。学生時代の失恋の喪失体験のフラッシュバックでもあったのだろう。

ふとした拍子に思い出に襲われて、私は何度も涙した。こうして人は少しずつ、大切な人の永遠の不在を受け入れていくのだろう。

愛は未来を照らす

私は今、益田の家で一人暮らしをしている。妻亡きあと、長寿だった母親を看取った。ラッキーもカツも逝ってしまった。でも、私には妻が残した二人の娘がいる。

「ただいま」

サオリはあたりまえのようにわが家に帰ってくる。私も娘の帰省同様、喜んで迎え入れている。

彼女は二十代半ばに交通事故を起こし、一生涯車椅子と宣告されるような大怪我を負った。私が病床に駆けつけると痛々しい姿で横たわっていた。しかし、自己流のリハビリで見事に克服し、足を引きずりながらも歩けるようになった。この入院中に自分が生きてきた道を振り返り、真剣に将来を考え始めたようだ。

退院後、パソコンやヘルパーの資格、調理師の免許などを取得。ケースワーカーになりたいからと通信高校も卒業した。このがんばりには驚嘆するばかりだ。あのサオリがよくぞここまでと感無量だった。

妻が生きていたら、どれほど喜んだことだろう。

「サオリやったね。よくがんばったね」

天国から妻の声が聞こえてくるようだ。

サオリは妻の他界後、こんな手記を送ってくれた。いじめ問題をテーマにしたシンポジウムに、パネラーとして参加したという。

いじめについて私の体験から思うこと

私は小学一年生のころ、同級生の男子に給食のパンの中に消しゴムを入れられたことがあります。そのころはまだあまり深く考えませんでしたが、三年生、四年生へと進むにつれ、私のまわりから友達がいなくなりました。

忘れ物をしても貸してくれる子はいず、私だけ机を離され、男子には机を蹴られたり暴力を振るわれたりしました。また、「汚い」「臭い」などと、毎日のように罵声《ばせい》を浴びせられました。

しかし、私には、みんなから「汚い」と嫌われてもしかたないと思うような引け目がありました。私はゼロ歳のときに実母と生別しました。三歳のときに継母を迎え、父との三人家族でした。父は出張が多く、何ヵ月も帰らないこともありました。

父の留守中、継母は私を気に食わないとたたきました。食事もくれないので、私はお菓子やジュースで飢えをしのいでいました。継母は私の衣類の洗濯もしてくれませんでした。そのため、汚れた服でも着ざるを得ず、はいていく靴下もありませんでした。学校でも家庭でも暗い小学校時代でした。唯一の居場所は町の図書館でした。

中学生になって初めての家庭訪問のとき、継母が担任の先生に私の悪口を言っているのを耳にして、私は百八十度変わったのです。継母や教師らにことごとく反抗し、昔の仕返しとばかりに攻撃しました。

多くの生徒の前で教師をいじめて英雄気取りになり、同級生をプロレスごっこと称していじめました。下級生には、難癖をつけては暴力を振るったりカツアゲしたりしました。頼まれていじめを請け負い、しつこく責め続けて不登校に追いやったこともあります。まさに、爆発した火山のように止まるところを知らない状態でした。

私をもてあましていた学校は、私の家出を機に児童相談所に行くように強くすすめ、私はしばらくそちらにお世話になったのです。

当時の私は弱みを見せまいとして虚勢を張っていました。でも、心の奥では、自分を丸ごと受け入れてくれる誰かを求めていました。

幸運にも児童相談所で、今までの大人とはまったく違うあたたかさと真剣さを感じさせる職員の人に出会いました。

その後、街でその人の奥さんとも知り合い、家庭にも呼んでもらえるようになりました。その奥さんは幼子のように無垢《むく》で、すぐに人の言うことを信じるので、私はしだいにウソがつけない気持ちになりました。その人との出会いによって私の心に明るい灯がともり、素直な自分に変わっていったのです。

残念ながら、その人は天国に召されてしまいましたが、あたたかい思い出はいっぱいあります。

なかでもこの出来事は生涯忘れられないでしょう。

「うちとつきあっていたらおばさんの評判が悪くなるけえ、来んでえ！」

と泣きながら訴えたところ、その人までもが涙を浮かべ、

「サオリがだいじじゃけえ、来るんじゃ！　来るなって言っても来るう！　人が何を言ってもかまわんわ」

と言ってくれたのです。

今でも思い出すとうれしくて涙が出てきます。これからも、私の大きな支えになってくれるでしょう。

今いじめられている人、いじめている人に、そんな大人もいる、ということを伝えたいのです。

妻が亡くなってはや十七年の歳月が流れた。しかし、サオリは今でも妻と対話をするという。

「こんなとき、安部のおばさんならどうするかな。安部のおばさんならこう言うかもしれん、こう考えるんじゃないかなって、いつもおばさんに聞いてるんよ」

真のやさしさに触れたとき、人間は変わる。妻亡き今、私の責任は重大だ。サオリの規範となれるようにしっかり生きなければならない。

サオリは現在、神戸で四度目の結婚生活を送っている。二度目の結婚のときに二児をもうけ、上の子はもう大学生だ。薬学部に受かったと、大喜びで電話をかけてきた。町一番のワルといわれた少女も、今は中年の母であり妻である。

長女の三弥子は、大学卒業後精神科の心理カウンセラーになった。私とほとんど同じ道に入ったのだ。人間の心を読み解き寄り添う難しさを、私は十二分に知っている。私と妻の背中を見て育った娘は、それをわかって選んだのである。

「だいじょうぶ。三弥子は芯が強いし根がやさしいから、きっと患者さんの支えになれるよ」

妻は太鼓判を押した。その言葉どおり、悩んだりつまずいたりしながらも、誠実に自分の職責を果たしている。自分を犠牲にしても他人のために奔走する姿は妻そっくりだ。

「お母さんやお父さんのように、少しでも人の役に立てるような人間になりたい」と、うれしいことを言ってくれる。

月に一度は顔を見せ、他愛ない話をして帰る。今の私にとってはなにげない娘との触れ合いがいちばんの喜びだ。

私はといえば、実にありがたいことに、現役のときより退職後の今のほうが忙しいありさまだ。スクールカウンセラーとして、精神科の心理カウンセラーとして、スーパーバイザーとして、老骨に鞭打って走り回っている。

また、日本網膜色素変性症協会の山陰支部の支部長、島根県視覚障害者福祉協会の益田支部長としても、さまざまな活動を行っている。

昨年の秋には、私が所属する日本網膜色素変性症協会は、『あさひ盲導犬訓練センター』を主会場に、中四国ブロック研修会を開催した。一人前に成長した盲導犬が、ユーザーの生活空間を広げて幸せをくれることを、体験的に学びたいと企画したものだ。多くの方が参加してくださり、有意義なひとときを過ごせた。微力ながらもみなさんのお役に立てたのなら、こんなにうれしいことはない。

これからも全力で、仕事にボランティアに邁進《まいしん》していきたいと考えている。

「将来はこの家は若い人たちの集いの場にしよう。みんなに開放して、私たちは二人で住む小さい家をまた買えばいい」

妻と語り合ったこの夢だけはまだ実現していない。

しかし、温かな記憶は今も心の中に息づいて、私たちの行く道を明るく照らし続けてくれている。

あとがき

この本は、私自身の成長を綴ったものですが、第三者的に距離を置いて読み返してみると、結構面白く読めるようにまとまり、今子どもとかかわっている大人たちにとっても、それなりに参考になるだろうと思います。

私自身の成長を振り返ってみますと、子ども時代は伯父の存在が非常に大きく、その後は妻の存在がそうでした。そして、子ども時代の疎外感や弱者への思い入れの背景には、私自身に愛への希求があり、困った人や弱者とのかかわりがあると、自身の投影として放って置けない思いになるのでしょう。その延長線上にワルで有名な少女とのかかわりがあり、後に彼女の成長とともに私たち夫婦もずいぶん教えられてきました。月並みの言葉ですが、人生には無駄がないと改めて実感する思いです。

子どもが成長していく過程では多くのジグザグがあります。大人はそのことに一喜一憂しないで、長いスパンで見ていく度量と長いものさしが必要です。何よりも温もりが大切なのです。
私が名刺に「子どもたちに明るい未来を」と記しているのは、私がそうであったように、子どもたちは変化するものですから、将来に可能性を秘めており、是非その可能性が開けるような社会的条件、養育環境や教育環境をよくしていきたいものと強く思うからです。そのためにも生涯勉強には「限り」がないとしみじみ思います。

安部利一

二〇一一年初冬

著者プロフィール

安部 利一（あべ りいち）

1939年、島根県仁多郡奥出雲町横田にて出生
1961年、島根大学教育学部卒業。島根県立保育専門学院助手
1963年、島根県出雲児童相談所勤務
　　以降県内各児童相談所に勤務、1999年、退職
現在、島根県教育委員会嘱託スクールカウンセラー
　　医療法人「松ヶ丘病院」非常勤
　　「おちハートクリニック」非常勤
　　「島根県立石見高等看護学院」非常勤講師
臨床心理士、日本臨床心理士会所属　島根県益田市在住
著書に『あっ、そうか！　気づきの子育てQ&A総合版』（文芸社、2011年）
などがある。

こころの目の生い立ち　ある臨床心理士の歩み

2012年2月15日　初版第1刷発行

著　者　安部 利一
発行者　瓜谷 綱延
発行所　株式会社文芸社
　　〒160-0022　東京都新宿区新宿1－10－1
　　電話　03-5369-3060（編集）
　　　　　03-5369-2299（販売）

印刷所　株式会社平河工業社

ISBN978-4-286-10907-7